9 Minutos com Blanda

Fernanda França

9 Minutos com Blanda

Fernanda França

Rai
EDITORA

Copyright © 2013 de Fernanda França
Copyright desta edição © 2013 para Rai Editora

Todos os direitos reservados. Nenhuma parte desta publicação pode ser reproduzida, arquivada em sistema de armazenamento ou transmitida em qualquer formato ou por quaisquer meios: eletrônico, mecânico, fotocópias, gravação ou qualquer outro, sem o consentimento prévio.

Editora assistente
Mayara Facchini

Preparação de texto
Gabriela Ghetti

Revisão
Nina Bernard

Capa
Max Oliveira

Projeto gráfico e diagramação
Thiago Sousa | all4type.com.br

CIP-BRASIL. CATALOGAÇÃO-NA-FONTE
SINDICATO NACIONAL DOS EDITORES DE LIVROS, RJ

F881n   França, Fernanda, 1979-
        Nove minutos com blanda / Fernanda França. - São Paulo : Rai, 2013.

      ISBN 978-85-8146-046-8
      1. Romance brasileiro. I. Título.

                                    CDD: 869.93
12-6893   CDU: 821.134.3(81)-3

Direito de edição:
Rai editora
Avenida Iraí, 143 - conj. 61 - Moema - 04082-000 - São Paulo - SP
Tel: (11) 2384-5434 - www.raieditora.com.br
contato@raieditora.com.br

Para Mauro, por sempre ter acreditado primeiro.

SUMÁRIO

1. Não, não e não! 9
2. Ai, que vergonha! 15
3. Dor de cabeça 21
4. Namorada? 25
5. Com que roupa eu vou? 29
6. Agora eu tenho sogra 37
7. É ele, é ele! 43
8. Cadê a luz no fim do túnel? 51
9. O quê? Uma ruga? 57
10. Nova experiência 61
11. Que talento! 65
12. Surpresa! 71
13. Você vai pagar por isso 77
14. Sentimentos na tela 85
15. Acabou a água 91
16. Verdades e mentiras 97
17. O que é certo 105
18. Sabor do amor 109
19. Ao vivo 113
20. *E-mails* e encomendas 119
21. Novas tintas 123

22. Linda, eu?	127
23. Televisão? Não!	133
24. Frio na barriga	139
25. Detetives	147
26. Plano de amigos	151
27. Você não sabe quem sou eu?	155
28. Pensamentos sobre mim	161
29. Família reunida	165
30. Sinceridade	171
31. Meu primeiro processo	179
32. Começou e acabou?	187
33. Dose dupla	193
34. Dose tripla	197
35. Uma nova família	201
36. A chegada do cunhado	205
37. Vinte e cinco anos	209
38. É verdade?	215
39. Sim, sim e sim!	219
Agradecimentos	223

1
Não, não e não!

Não podia ser verdade. Já eram mais de onze horas da noite e a minha mãe ainda estava no meu apartamento no meio de uma discussão de relacionamento. Como se não bastasse, a minha vida era o foco dos palpites.

– Não, não e não. Eu não vou me casar, mãe. Não insista com essa loucura.

– Mas todo mundo já está perguntando quando será o casamento e comentando que o rapaz mora com você. Um absurdo. Não posso conceber essa ideia de um rapaz morando no seu apartamento. Você ainda é uma menina.

– O inconcebível, mãe, é você perder o seu tempo ouvindo as bruxas das suas amigas e investigando a minha vida. E eu não sou mais criança, já tenho mais de 20 anos, a senhora se esqueceu? E para acabar com a sua curiosidade, não há ninguém morando comigo além do Freddy.

Freddy era o gato. Freddy Krueger.

– Mais alguma coisa, mãe?

– Você está me mandando embora, Blanda?

Mamãe insistia em ter suas crises bem nas horas em que eu precisava de descanso. O dia seguinte seria duro, eu iria procurar trabalho pela segunda semana seguida, sem nada em vista e com a esperança no fim da fila. Já estava dura desde a saída do meu último emprego, e o pouco dinheiro guardado mantinha aquele apartamento de quarenta metros quadrados comigo e Freddy dentro. Eventualmente com o Max.

– Mamãe, não estou te mandando embora, apenas preciso dormir. Amanhã vai ser um dia cheio pra mim, tenho que arrumar um emprego urgentemente. A senhora sabe que eu piro quando não trabalho.

Mas ela não entendia. Voltou com o papo de que eu deveria me casar com Maximiliano, porque ele era um bom partido. Nunca entendi esse conceito ultrapassado. Para mim, bom partido seria um homem lindo, forte, honesto e que me levaria café na cama. Dinheiro eu sempre quis ganhar com o meu trabalho. Pegar cartão de crédito emprestado me deixa mal.

Para mamãe parecia importante eu encontrar um homem de família rica, mas ela nunca me perguntou se eu estava feliz. Era como se uma festa de casamento pudesse resolver todos os meus problemas, inclusive de grana, mas esse não era meu pensamento. Casamento não resolve nada e, se já está ruim agora, pode ficar ainda pior. É preciso primeiro ser feliz para fazer alguém feliz, e com certeza eu não estava nesse estágio.

– Blandinha, pense bem no que eu disse. Afinal de contas, eu queria entender por que você insiste em trabalhar se não precisa.

– A senhora não pode estar falando sério. Eu insisto em trabalhar e não preciso? Eu amo trabalhar, mãe. Eu me sinto gente quando trabalho, eu me sinto útil. E tenho que pagar as minhas contas, elas estão fazendo convenção para ver qual irá me ferrar primeiro. O Max não tem nada a ver com isso, nem a senhora, nem o Freddy.

Para ser bem sincera, havia momentos em que eu achava que o gato era o ser que mais se preocupava comigo. Mamãe não pareceu muito contente com minha resposta, mas foi embora. Não sem antes levar com ela o último biscoito amanteigado da caixa que ganhei da Dona Cotinha.

O dia seguinte já era previsível. Vesti o meu terninho cinza-claro e bati na porta de mais alguns escritórios. Eu sentia que estava agindo de maneira errada, mas, se não sabia qual era a certa, poderia manter aquele esquema até fazer uma grande descoberta. Eu detesto a cor cinza e acho que isso contribuiu para o mau desempenho na primeira entrevista. Um dos diretores da empresa me perguntou qual o motivo principal de eu estar ali e a resposta foi que eu precisava de um emprego e de dinheiro. Uma grande burrada insistir em ser sincera. Já que empregadores não querem sinceridade, pensei em utilizar outra tática na segunda entrevista: muita simpatia. Era um escritório pequeno, mas que poderia me oferecer uma oportunidade.

– Queremos funcionários competentes nesta empresa e, se puder provar a sua eficiência, receberá uma chance – disse o homem do outro lado da mesa, com olhar arrogante e pretensioso. Senti um nó no estômago. – Então, diga, senhorita, por que decidiu ser advogada?

Foi ali que a situação ficou crítica. O nó que estava dentro de mim se transformou em uma luta estomacal. Eu podia jurar que alguns alienígenas tinham se apossado do meu corpo com espadas. Fiquei sem conseguir responder nada e, quando abri a boca, um ar quente saiu de mim e os seres de outro planeta devem ter gritado alguma coisa, mas nem eu nem o senhor sóbrio na minha frente percebemos.

– Eu... eu não sei.

Foi a resposta mais patética que eu já dei em toda a minha vida profissional, mesmo que ela não fosse brilhante até aquele momento. É claro que eu não sabia por que tinha me tornado advogada, mas ele nunca poderia saber disso. E eu contei logo no primeiro encontro. E último. Depois de mostrar ao poderoso futuro chefe a perfeita imbecil na qual eu posso me tornar em alguns momentos críticos, eu saí da sala com a promessa de "um retorno assim que uma vaga surgisse". Eu precisava aprender a ser política daquele jeito, precisava.

Max resolveu fazer uma visita justamente naquele dia. Eu sabia que seria complicado, porque ele era chato, exigente e egoísta e provavelmente sequer perguntaria como tinha sido o meu dia de caça ao emprego. E foi exatamente dessa forma que tudo aconteceu: ele chegou, quis saber se eu tinha feito algo para o jantar, tirou os sapatos e as meias fedorentas e deitou, todo imundo, em meu sofá branco.

– Max... ô Max... faz um favor? Hum... você poderia levar essas meias até a lavanderia?

Foi só o que eu consegui dizer, que cretina. Ele estava ali, sujo no lindo sofá que ainda nem tinha acabado de pagar e eu pedi para ele levar as meias para a lavanderia? Meias que, aliás, quem lavaria seria eu, com toda a certeza do mundo. Tive a impressão de que Freddy me chamou de trouxa, mas no instante seguinte ele estava dormindo de novo.

Max disse que levaria as meias depois, mas não levou. Ele dormiu durante longos quarenta minutos no meu sofá e tive que aturar um ronco-britadeira. Cada dia ele me mostrava uma face mais interessante de seus roncos. Sabia que quando acordasse negaria que estava roncando e diria que, mesmo se roncasse, eu deveria aceitar se o amasse. Mas não pensou se eu estava disposta a aceitar alguém cujas meias cheiram a leite coalhado.

Depois da cochilada, levantou e veio direto para a mesa ver o cardápio. Sopa, somente sopa. Reclamou que estava ruim, mas comeu três pratos.

Logo contei onde estava a nova escova de dentes que eu havia comprado para ele – azul, como tinha que ser. Achava o Max neurótico, porque a obsessão por escovas azuis não fazia sentido para mim e ele nunca quis conversar sobre isso. Não perguntou se poderia dormir em casa, mas dormiu.

Procurei por Freddy e fomos deitar juntos no sofá. Max não tinha me dado nem um beijo de boa-noite, nem uma bitoca, uma lambida, uma mordida, nada. O gato se ajeitou ao meu lado, esticou uma das patas e eu disse: "Boa-noite pra você também, Freddy". Aumentei o volume da televisão e assim consegui dormir sem ouvir os roncos que vinham do quarto.

2
Ai, que vergonha!

Um dos piores barulhos que alguém pode ouvir na vida é o de um despertador. Primeiro porque não é um som, e sim uma tortura aos ouvidos e, como o nome já revela, é um cruel desperta-dor. Chego a sentir o coração palpitar quando acordo assim, antes das oito horas da manhã. Nenhum ser humano deveria ter que acordar antes desse horário. Mas durante a maior parte da minha vida eu não me enquadrei nessa categoria, de forma que, quando o barulhento me infernizava, o céu costumava estar escuro.

Pior é que naquela manhã eu havia dormido no sofá e não tinha levado o relógio para a sala. Quando o barulho me acordou, deve ter despertado também os vizinhos. Saí correndo em direção ao TRIM-TRIM e me joguei na cama, com a esperança de merecer mais nove minutos de descanso. Nove minutos e não dez, porque esses incompreensíveis são todos iguais e não permitem que nosso sono se estenda nem por dez minutinhos a mais. Só que eu sempre fui invencível. Eu o desligo quantas vezes forem necessárias e, assim, acabo sempre ganhando umas três sequências de nove se acordo de manhã.

Somente quando me levantei da cama é que percebi que Max já não estava mais em casa. O meu querido companheiro se levantou, tomou café da manhã e saiu. Eu sei disso porque a mesa estava em completa desordem com um prato com restos de mamão e um copo de Coca-Cola. Difícil entender como alguém pode comer mamão com Coca-Cola logo pela manhã. Notei que as meias continuavam na sala e Freddy estava deitado em cima delas. Pobre gato, precisaria se lamber por dias para o odor sair dos seus pelos.

Afixado na geladeira com um ímã, um bilhete. Pronto, eu sabia que viria problema para aquele dia, porque Max nunca deixa bilhetes. Minha aflorada intuição feminina não me enganou e junto ao bilhete estava uma conta de telefone para pagar – do celular dele. O bilhete em si era ainda mais ridículo do que um pedido educado. "Para podermos nos falar sempre... você poderia, por favor, pagar para mim? Acertamos depois." Só que o "por favor" denunciou o pedido: eu sabia que ele não iria acertar nada comigo. Max nunca pedia "por favor".

Guardei a conta na bolsa e enumerei no verso do bilhete as atividades do dia. Comi um pedaço do mamão que estava no prato sujo em cima da mesa e procurei uma roupa para vestir. Para começar bem a manhã em uma fila de banco, escolhi uma blusa vermelha, cor de sangue. Coloquei um casaco bege por cima, uma calça social bege e sapatos igualmente beges, com brincos vermelhos e reluzentes pulseiras vermelhas com detalhes em bege. A perfeição, exceto por um detalhe: a minha bunda.

Eu não conseguia me olhar no espelho, aquela não poderia ser a minha bunda. Há menos de um ano ela era tão durinha, tão linda e com pouca celulite, que não havia roupa proibida para aquele corpinho. Não dava para crer que em tão pouco tempo aquele território havia se tornado uma estrada esburacada, um plástico com bolhas, um doce de sagu! Eu só conseguia pensar que, se saísse na rua daquele jeito, eu estaria fadada à chacota eterna de todo o planeta.

Procurei outra calça e o casaco poderia ser trocado com facilidade. Preto era uma boa cor, escondia as imperfeições naturais de todos os corpos e não chamava atenção nem a mais nem a menos. Então coloquei sobre a cama o jogo calça-preta-blusa-vermelha e me dei conta de que parecia o uniforme de um time de futebol. Se eu mesma era capaz de rir do meu traje, não poderia esperar a compreensão dos outros. Então troquei a blusa por uma branca.

A calça preta, aquela que me custou duas córneas em uma loja chique do centro, não me servia mais. Havia gordura no lugar em que o zíper deveria fechar com facilidade, enquanto a blusa mostrava todo o meu potencial para atriz de filme pornô – de quinquagésima categoria.

Eu não tinha sequer chegado aos 25 anos e exibia um corpo que não imaginava ter aos 50 quando tinha 15. Os conceitos mudam, mas bem que eu poderia ter ficado em um meio-termo corporal. Decidi tentar perder os quilos excedentes, mas sem dizer "perderei", porque soa muito forte e eu nem havia pensado ainda em quais métodos usaria para chegar ao resultado. Nem sabia qual resultado eu queria, só queria a minha velha bunda de volta, sem aquele aglomerado de celulites instalado sem minha permissão.

Joguei todas as roupas no cesto de vime no canto do quarto. Não as daria ainda porque acreditava firmemente que perderia o que não tinha procurado. Tirei os acessórios vermelhos, dei uma olhada rápida no guarda-roupa, pensei em diversas possibilidades de combinações de roupas, mas acabei colocando de novo o bendito terninho cinza.

Saí de casa com um tremendo mau humor, mas eu mesma tratei de me perdoar quando pensei que depois de ter acordado cedo, descoberto as meias sujas jogadas na sala, os pratos imundos, uma conta para pagar e uma dezena de roupas que não servem mais em mim, eu até que mantive uma postura bastante elegante e pretendia seguir o meu dia daquela maneira. Senti um leve cheiro de suor no casaquinho cinza, mas o perfume resolveu o problema.

Fui a pé até o banco e não consegui entrar. Como eu pude esquecer aquela porta giratória, o segurança na entrada e a fila que normalmente se forma atrás de mim? Não deixei ninguém passar na minha frente porque me senti ofendida. Primeiro tirei as chaves da bolsa e coloquei-as no compartimento específico, mas o alarme apitou. Então procurei por moedas e ele apitou. Tirei os óculos de sol, a maquiagem, a agenda e eu fui barrada com aquele apito mais uma vez.

– A senhora poderia estar mostrando a bolsa? – disse o sujeito grandalhão.

– Se eu poderia mostrar a bolsa, é isso o que você quis dizer, não é?

– Sim, senhora, foi o que eu disse.

– Não, você não disse. Você disse "poderia estar mostrando" e eu detesto gente que fala assim. Outra, meu rapaz, eu não sou senhora, eu sou senhorita, ou por acaso você acha que tenho cara de velha?

– Não, senhora. Por favor, a bolsa.

Ele não entendeu nada. Eu mostrei a bolsa com má vontade. Procuraria sozinho se o meu baú ambulante continha uma arma secreta que fazia aquela porta apitar, porque eu já havia tirado tudo.

– Por acaso a senhora não poderia estar esquecendo uma chave ou uma moeda no fundo da bolsa?

– Não, não poderia.

– Então a senhora poderia, por favor, estar tirando o cinto?

Eu fiquei irritada, mas pensei que entraria no banco logo se aquela ameba vestida de segurança me deixasse em paz. Assim, coloquei o cinto no compartimento lotado e tentei passar novamente. Não foi uma surpresa quando a porta apitou. Ali eu me irritei de verdade. Cheguei perto do segurança e disse que iríamos procurar o que poderia ser o grande problema. Tirei da bolsa lenços, alguns batons, um esmalte, um monte de papéis e... de repente... uma calcinha! Eu sempre levava uma calcinha extra na bolsa, desde o dia em que eu bebi um pouco em uma festinha da Tereza e fiz xixi depois de uma piada do Neco. E lá estava a calcinha, *pink* e de babadinhos, na minha mão, para que toda a fila pudesse ver. Só que eu não podia deixar a vergonha me vencer, não. Eu era a vítima, não era?

– Era isso que o senhor procurava? – eu disse em tom irônico. A fila atrás de mim riu e quem estava nos caixas eletrônicos parou para ver o *show* particular da Blanda, a moça da calcinha.

Não demorou muito para o gerente do banco chegar e me acompanhar até o interior da agência. Recolhi tudo o que havia tirado da bolsa e não deixei de notar o olhar atento do gerente para mim. Enquanto todos riam, ele ficou sério, mas deveria estar rindo por dentro. Guardei a calcinha bem no fundo da bolsa e o gerente perguntou o que eu desejava.

– Er... na verdade... eu... eu vim pagar uma conta.

– Deixe que eu vejo isso para você – ele disse. E sorriu, balançou a cabeça e eu pude ver o balanço de seus cabelos castanhos. Ah, não podia ser, o gerente da agência era um gato e tinha me visto segurando uma calcinha *pink* com babados, depois de um escândalo na porta do banco. Só que eu precisava ir embora o quanto antes, estava com a cara abaixo do subsolo e não pretendia voltar ali nunca mais. Entreguei a conta e o dinheiro na mão dele, que voltou logo em seguida, com mais um sorriso no rosto e mostrando os dentes retos e brancos.

– O-o-obrigada.

– Mais alguma coisa, senhora...?

– Blanda. Na verdade, senhorita.

– Desculpe-me, senhorita. É que dentro da conta que a senhora... quer dizer, que a senhorita me deu, encontrei um bilhete do seu... marido.

Não podia estar acontecendo comigo. Eu passo a maior vergonha de toda a minha vida ao lado de um homem lindo e simpático e ainda preciso explicar que o traste que deixou o bilhete não é meu marido?

– Olha, senhor... eu não sei o que ele é meu, mas não é meu marido.

Se eu fosse ele, não teria entendido. Dei um sorriso meio torto, agradeci a atenção e saí do banco com passos mais largos do que minhas pernas. Perto da porta giratória, tive a impressão de que o segurança engoliu uma risada.

3
DOR DE CABEÇA

Um dia não produtivo é o pior que pode acontecer para quem está à procura de uma produtividade remunerada. Vaguei por alguns escritórios de advocacia que mais pareciam salões de beleza e cheguei a questionar por uns instantes se aquilo era mesmo profissão para mim. Uma das secretárias perguntou a hora marcada e eu disse que somente havia levado o meu currículo. A acéfala insistiu na hora marcada e eu acabei jogando o envelope na mesa dela. Eu admito que paciência não é o meu forte.

Nunca fui uma exímia advogada. Eu engavetava os processos, procurava informações na internet e redigia bem os textos, mas não gostava de enrolar muito e ia logo ao capítulo final. Aí que meus chefes não gostavam, um chegou a me sugerir certa vez para eu ser jornalista. O velho disse que eu colocava as informações mais importantes logo no primeiro parágrafo, que aquilo era coisa de jornal e que eu deveria aprender a escrever um bom texto. E como deveria ser, afinal?

Voltei para casa depois de visitar cinco escritórios. Cinco em apenas uma tarde, porque a manhã tinha sido perdida no banco, da maneira mais estúpida que uma pessoa pode perder o seu tempo. E a moral, é claro. Não pretendia voltar lá depois da vergonha que passei na frente do gerente. Não que eu não quisesse vê-lo.

Cheguei em casa e desejei ter uma banheira. Quando me conformei com um chuveiro vagabundo, a resistência pifou. E como determina o decreto para os infelizes, eu não tinha uma resistência reserva em casa. Tomei banho gelado, nada mau para o tempo frio que fazia lá fora – considerando o fato de um vidro da janela do banheiro estar quebrado. Aquele plástico azul deplorável não segurava o vento, então imaginei estar esquiando em Aspen.

Coloquei um par de pantufas e um pijama de flanelas perfeito para a ocasião. A estampa de ursos não era exatamente o que se poderia chamar de vestuário sensual, mas eu estava aquecida e feliz, determinada a acordar pelo menos meia hora mais tarde no dia seguinte. Não bastaram alguns minutos para a campainha tocar e eu ter de sair debaixo das cobertas. O pior foi ver pelo olho mágico a figura do Max lá fora, com cara de idiota.

– Max?

– Eu mesmo, benzinho. Estava com saudade?

– Não me chame de benzinho. Chame do que você quiser, mas benzinho não, é muito brega. E, além disso, por que você não entrou direto? Você tem a chave.

– Queria fazer uma surpresa – disse com um sorriso sacana.

– Surpresa você teria feito se não tivesse me tirado da cama. Entra logo. Se quiser comida, tem sopa de ontem na geladeira. Tô indo dormir.

– Blandinha, calma, calma. O que houve? Deita lá na cama que eu já vou te levar a surpresa. Aliás... não dá para tirar esse pijaminha broxante?

– Não, Max. Esse é exatamente o efeito que eu espero dele hoje.

Max fez uma careta, mas eu realmente não me importava depois de ele ter me tirado dos edredons. Voltei para a cama e ouvi barulhos vindos do banheiro. Quando me lembro de ter aberto os olhos novamente, lá estava Max, com uma ofuscante luz vermelha de fundo, dançando ao som de uma música que eu não conhecia e vestindo uma cueca bastante diferente. Mais de perto eu pude comprovar que era... uma sunga de elefante!

Eu não podia acreditar que Max estava ali, na minha frente, usando uma cuequinha e com a tromba de um elefante vestindo o seu troféu. Esfreguei os olhos e ele disse, com uma voz rouca, que estava ali para satisfazer todos os meus desejos.

– Ah, é, elefantão, você veio fazer tudo o que eu quiser?
– Vim, *yes*...
– Desde quando você fala inglês?
– Ah, isso aí aprendi num filme.
– Imagino o nível.
– Vamos, lindona, qual o pedido para seu elefantão? Tudo o que quiser.
– Tudo mesmo?
– Tudo.
– Então apaga a luz e me deixa dormir. Estou morrendo de dor de cabeça.

Ele podia até não acreditar, mas dor de cabeça nem sempre era uma mentira. Virei para o lado e sem remorso nenhum deixei o aspirante a paquiderme teorizando sozinho sobre os supostos falsos relatos de dores de cabeça da ala feminina da humanidade. Mal ele sabia que eu teria usado aquela desculpa mesmo se não fosse verdade.

4
Namorada?

Meti a mão no despertador apenas duas vezes naquela manhã, o que era pouco, considerando o horário em que tinha ido dormir na noite anterior. O pior era constatar que a dor de cabeça não tinha passado. Levantei, fui direto para a cozinha e peguei um comprimido. Engoli em seco e decidi ir ao banheiro. Max estava lá, dançando e cantarolando como se estivesse em um programa de calouros, do lado de dentro do box. Quando me viu, fez tchauzinho com as duas mãos, que eu retribuí com os dentes cerrados.

– Max, dá pra sair daí?

– Mas como sair daqui? Eu acabei de entrar no banho. Um banho gelado, aliás. Fala um motivo bom que eu penso se vou sair, benzinho.

– O motivo é que eu preciso sentar neste vaso sanitário e, antes que me pergunte, sem que você esteja dentro deste banheiro. E se não gostou da temperatura da água, compre uma resistência nova para o chuveiro.

– Vai fundo, senta logo. Não vou olhar – ele disse com um sorrisinho no rosto.

– Como não vai olhar, Max? O box é de vidro!

– Mas e se eu prometer que não olho?

– Se você prometer, é capaz de eu acreditar ainda menos do que se você não prometer nada.

– Qual é, Blanda, por que essa frescura?

– Não é frescura, eu não consigo. Nem na frente da minha melhor amiga, nem na frente do Freddy, nem na sua frente, nem na frente da minha mãe. Aliás, muito menos na frente dela.

– Não precisamos disso, temos intimidade. Você senta aí e eu me viro e continuo o meu banho.

– Intimidade não tem nada a ver com esse momento. Nunca ninguém terá intimidade suficiente comigo para ver as contorções dos músculos de minha face quando eu me encontro sozinha em um lugar chamado banheiro. Max, cai fora.

– Mas, benzinho, nós somos namorados, qual o problema?

Ah, não podia ser, eu não estava ouvindo aquilo. Tamanha era a vontade de ficar sozinha que eu estava tendo alucinações, porque o Max jamais diria "nós somos namorados", assim com essa desenvoltura. Era a primeira vez que ele assumia o nosso relacionamento. Havia quase um ano que estávamos juntos, e o rapaz que dormia na minha casa quando bem entendia nunca tinha me apresentado à sua família. O bom disso é que eu ainda não tinha sogra, mas eu não podia falar mal porque nem sabia como ela era. Não conhecia nenhum de seus familiares, ele nunca havia me apresentado como sua namorada e não comparecia aos encontros que eu propunha. Nada, nadinha, até aquele fatídico momento dentro do banheiro.

Aliás, coisa que ele mais detestava eram os encontros de família. Sempre que havia um churrasco, aniversário ou festinha de 15 anos, o moço dava um jeito de inventar uma doença da tia, um problema com o carro ou uma prova na faculdade. Porque aquela era a terceira faculdade que ele começava e deixava pela metade.

Quando estávamos juntos havia seis meses, cheguei a questionar o motivo de ele nunca me levar para conhecer a família dele e a resposta foi que os pais eram chatos. Podiam até ser, mas eram pais dele e eu queria conhecê-los. Quando eu ligava na casa dele e um parente atendia, ele logo dava um jeito de atender outro telefone e dizer "é pra mim, desliga aí". Eu cheguei a trocar alguns "boa-tarde, dona Cremilda" e nada mais. Uma vez ela me convidou para almoçar lá, mas Max inventou uma viagem rápida justamente naquele fim de semana e o almoço foi adiado por prazo indefinido.

Sabia que Max era filho único e tinha poucas informações da família e do trabalho. Quando saía para beber com os amigos, ele dizia que não fazia sentido eu ir junto. Se eu ligasse no celular, ele atendia, mas eu preferia não incomodar. Não desconfiava de Max, apenas achava que ele tinha sérios problemas para não querer assumir o nosso relacionamento. O bizarro era aceitar que ele tinha se curado dentro do box do meu banheiro.

– Por acaso você bebeu ontem à noite? – eu perguntei.

– Estou com cara de quem ainda está de ressaca?

– Não é isso. É que você disse que não havia problema de eu ficar aqui e você aí...

– É, isso mesmo.

– Por quê?

– Porque temos intimidade.

– Não, não era isso. Aquele outro motivo, qual era?

– Que somos namorados?

Parei por um instante e não sabia o que dizer. O que você deve dizer a um homem que está pelado na sua frente, tomando banho, enquanto você se contorce esperando que ele libere o banheiro para você ter a liberdade de usufruir seu lindo e aconchegante vaso sanitário, se bem nesse momento ele solta a frase-diamante "somos namorados", após quase um ano de relacionamento sem ele ter nunca mencionado a palavra "namoro"?

– Max, eu vou conhecer a sua mãe hoje.
– Como é?
– Isso mesmo que você ouviu. Se somos namorados, precisamos selar essa relação tão tardiamente reconhecida com um jantar na casa dos seus pais. E hoje.
– Mas podemos deixar isso para depois, Blanda.
– Depois nada, hoje é sexta-feira, o dia perfeito. Diga à sua mãe que chegaremos às oito e que não precisa se preocupar com o cardápio, porque levarei a minha especialidade: sopa de galinha. Se você não quiser, então diga o que achar mais conveniente, apenas comunique que às oito em ponto estaremos lá.
– Você pirou?
– Pode ser, Max. E se você não sair imediatamente desse banheiro, pode esperar ideias muito piores.

Em apenas dois minutos e sete segundos, lá estava Max, correndo em direção à sala com uma toalha enrolada na cintura.

5
com que roupa eu vou?

Quando eu saí do banheiro, Max não estava mais na sala. Ele era ótimo em sair sem se despedir, sem me dar um beijo de bom-dia e sem fazer nenhum barulho. Não se despediu, mas deixou uma casca de mamão em cima da mesa. Não dentro de algum prato, mas em cima da madeira, com as sementes espalhadas de forma a parecer um desenho ao redor da casca. Freddy tentou alcançar uma das sementes, mas foi logo repreendido com um "não" e desceu da cadeira. Pelo menos o gato me ouvia. Às vezes.

Mas eu não ia me irritar. Não naquele dia tão inusitado, quando passaria a existir oficialmente para a família do meu namorado. Liguei o som e estava tocando a música do Shrek. Aumentei o volume e dancei sozinha pela sala, até que Freddy apareceu e me olhou com cara de "preciso fugir daqui agora", mas não deu tempo – eu o agarrei e ele dançou comigo. Não posso dizer que feliz da vida, mas dançou. E como prêmio ganhou a sua ração favorita, em pasta. Isso é pra provar que eu sei reconhecer quem é bom comigo.

Decidi ficar em casa e me preparar para o grande jantar. Abri o guarda-roupa e olhei o conteúdo sem muita motivação. Devia existir um manual para as mulheres na faixa dos 20. Com um pouco menos, um pouco mais, mas não muito menos nem muito mais, ou seria ideal para a filha da vizinha ou para a minha mãe. É difícil se vestir sem parecer ridícula. Eu não queria ser falsa e tentar aparentar menos idade e também não podia me comportar como uma velha nesse encontro. Precisava apenas me apresentar como Blanda e não sabia como fazer isso.

A peça mais cogitada para a ocasião era o terninho cinza, mas ele estava no cesto de roupas imundas, na categoria "precisa ficar de molho no vinagre". Além do mais, ternos não são ideais para o primeiro encontro com a sogra. Eu precisava parecer mais jovial, afinal, eu sou jovial, oras. Então um vestido seria uma boa opção, mas qual vestido? De festa? Com manga? De alcinhas? Qual cor? Eu mal tinha acabado de acordar e estava no meio de um dilema importante quando a campainha tocou.

– Filhaaaa!!!

– Ah, não, mãe, é você?

– Queria que fosse quem, Blandinha? Olha o que a mamãe trouxe!

E lá foi a minha mãe para a mesa de centro da sala, onde abriu uma mala imunda de propaganda de agência de viagens e tirou de dentro dela um laço vermelho de bolinhas brancas como o da Minnie, feito com um tecido que brilhava. A não ser que fosse a uma festa à fantasia, eu jamais usaria uma porcaria cafona daquelas.

– Ah, mãe, é legal. A senhora pretende usar onde?

– Agora é que vem a surpresa!

– Conte, onde a senhora vai usar?

– É um presente para você!

Não. A minha mãe queria me obrigar a falar a verdade. Porque eu iria tolerar que ela o usasse, já que adora parecer uma árvore de Natal em qualquer época do ano, mas eu não poderia usar aquele laço ridículo na minha cabeça.

– Mãe, olha, eu agradeço de verdade, mas eu não gosto de brilho, esqueceu?

– É só para usar à noite, bobinha. Fico feliz que você tenha gostado – e sorriu de orelha a orelha. Eu não disse que tinha gostado de nada, mas naquele momento eu não tive coragem de dizer a verdade. Pensei em quantas vezes na minha vida não tive coragem de dizer a verdade para as pessoas com medo de magoá-las. Sabia que não valia a pena esconder o que eu sentia, mas mesmo assim eu não conseguia ser diferente.

– Mamãe, eu tenho um monte de coisas para fazer hoje, por que não nos falamos amanhã?

– Posso te ajudar... Você não quer minha ajuda? – e lá estava Amaralina, advogada aposentada do Fórum, uma mulher que talvez tenha influenciado, ou pressionado, a minha infeliz escolha acadêmica. A senhora de cabelos loiros-de-mentira e com sorriso sincero tentava me convencer de que eu precisava de sua ajuda. Mamãe não tinha muita noção dos fatos e podia ser que soubesse disso, mas fingia não saber.

– Vou precisar procurar uma roupa para ir a um jantar na casa dos pais do Max.

– Você vai jantar na casa dos seus sogros?

– Er... é, é o que eles são meus. Vou.

– Vou com você!!!

Minha mãe estava alucinada. Não dava para levá-la ao jantar na casa dos pais de Max logo na primeira vez, a não ser que...

– Mãe, pare de chorar. Pare com isso agora!

A não ser que ela chorasse.

– Eu sei que eu só atrapalho, filha. Eu sou uma velha inútil, não é?

– Você sabe que não pode ir comigo a todos os lugares, mãe. Já disse que a senhora precisa encontrar uma diversão, um lazer. Pegue um gato, olhe o Freddy, como é companheiro! – mas naquele momento o gato dormia embaixo da cama e não foi um bom exemplo. Mamãe precisava entender que eu estava grande e nem por isso a vida dela havia acabado, muito pelo contrário. Mas não era naquele dia que eu iria convencê-la de qualquer coisa.

– Tudo bem, mamãe, você vai comigo. Mas só dessa vez. Depois nós vamos conversar sobre a sua vida.

– Eu converso, prometo – respondeu como uma garotinha de cinco anos comportada para ganhar um doce.

– Agora a senhora precisa me ajudar a escolher uma roupa para usar à noite.

Mas eu não devia ter dito aquilo.

– Amaralina! – disse uma voz fina de dentro da loja, assim que avistou a minha mãe. Ela tinha me convencido a sair para fazer compras, já que o meu guarda-roupa não ajudava muito com os modelitos surrados e sem um toque especial. Mas me enganei seriamente quando deixei que mamãe escolhesse a primeira loja aonde fomos, com as vitrines que acusavam que os meus próximos minutos não seriam tão agradáveis. Até as manequins eram temíveis. Parecia mais uma loja de utensílios para filmes de terror classe Z.

– Ah, Soninha, minha amiga, adivinha quem eu trouxe para provar umas roupinhas?

– Nem precisa falar. Blanda, como você cresceu! Você era uma menininha quando eu a vi pela última vez. Que bochechas rosadas! – e quando ela as apertou, eu nem acreditei. – Lina, ela está uma gracinha, parabéns! (Parabéns pelo quê? Pela filha gracinha de bochechas rosadas? Só faltava ela perguntar onde estava o namorado.) – Mas me diga, onde está o namorado?

Bingo.

— Na casa dele, sei lá — respondi de maneira evasiva, porque aquela mulher era irritante e se eu continuasse a conversa era capaz de ela perguntar (no diminutivo) quando eu iria casar e se eu estava grávida. Aí eu teria que responder que não, que eram apenas alguns quilinhos a mais e blá-blá-blá. Cortei.

— Mãe, vamos ao que interessa?

E fomos. Mas logo com o primeiro conjunto tive vontade de sair correndo, de tão feio. Até eu, que insistia no terninho cinza, por falta de opção e dinheiro, sabia que uma roupa larga daquela cor não caía bem em uma mulher da minha idade. De nenhuma idade, eu poderia arriscar. O verde fosforescente tinha umas flores bordadas em rosa e a minha mãe dizia ser "a coisa mais linda que ela já viu no mundo da moda". O elástico na barriga tinha ficado largo, então o enrolei para experimentar a calça, mas eu nunca tinha me visto tão feia em um espelho.

— Vamos, querida, desfile pela loja para todo mundo ver! — disse a amiga da minha mãe com um topete feito com *spray* que deveria paralisar lá em cima até mesmo a crina de um cavalo.

— Não, eu não quero desfilar, tenho vergonha.

Não adiantou. Fui arrastada para fora do provador. Que mico. Ou melhor, que gorila! Eu lá, desfilando no meio de diversas senhoras de meia-idade com uma roupa que ninguém deveria usar neste mundo. Foi quando, do espelho, avistei um rosto conhecido passando na rua. E a pessoa caiu em gargalhadas na calçada, apontou o dedo para a roupa enquanto eu dei de ombros, bem ao estilo "juro que não tenho culpa".

— Blanda, você me surpreende!

Era a Tereza. Ainda bem que os amigos existem.

Teca conseguiu inventar uma desculpa bem mirabolante e todos na loja acreditaram que eu deveria mesmo largar tudo e acompanhá-la. Na história, tinha acabado de ser assaltada por um grupo de alienígenas azuis e ela jurava que estavam tentando pegá-la para levar a um planeta até então não descoberto pelos homens. A solução poderia ser avisar a imprensa para ficarem atentos a novos ataques, e eu não poderia deixar a minha grande amiga sozinha nessa empreitada. Combinei com minha mãe às sete e quarenta e cinco lá em casa.

Eu e Tereza somos amigas há tantos anos que paramos de fazer as contas. Ela some em uns dias, eu sumo em outros, mas quando precisamos uma da outra estamos juntas. Eu gostava de me encontrar com a nossa turma de infância, sempre passávamos bons momentos rindo e tomando cerveja. Não eu, que não bebo e acabava guiando os amigos para casa no carro de alguém. Pelo menos ter tirado carta de motorista tinha serventia.

Havia seis meses que eu não me reunia com o pessoal, mas só ali, naquele momento, ao lado da Teca, é que eu percebi isso. No começo do meu namoro com o Max, eu ia sozinha aos encontros porque ele nunca queria ir, depois comecei a ficar chateada por não ter a presença dele e, como o rapaz sempre inventava uma boa desculpa, eu não saía, para ajudá-lo no que fosse preciso. Muitas vezes acabei sozinha em casa. Ele, depois de dizer que precisava descansar, se mandava, antes mesmo de dar meia-noite.

Eu não podia viver sem meus amigos, mas Max não compreendia isso. Ele nem queria fazer parte da minha turma, nem me deixava fazer parte da dele.

Depois de darmos boas risadas juntas da história da Teca, ela propôs que fôssemos a algumas lojas mais jovens. Como ela entendia de moda como ninguém mais, confiei no taco da minha amiga. Fomos à rua das Pechinchas, a melhor do centro da cidade. Sem estacionamentos por perto, relembramos os velhos tempos de pegar ônibus lotado juntas.

– Qual é a ocasião especial de hoje?

– Vou jantar na casa dos meus sogros – eu disse, meio desanimada.

– Você continua com o Max, não é?

– Eu gosto dele, Teca.

– Não sei se você gosta dele de verdade. Nunca teve outro namorado sério. Tudo bem, tudo bem, você já teve uns paquerinhas, mas sério mesmo, me diga, quem você teve na sua vida? O Max. E olha que ele nem é sério. Blanda, eu já disse, ele não merece a mulher que você é, mas se me garantir que está feliz, então ficarei mais aliviada e o papo está encerrado.

– Estou feliz.

Eu disse sem convicção. Teca percebeu, eu abaixei os olhos e ela não falou mais sobre aquele assunto. Amigas são pra essas coisas também, pra deixar que percebamos sozinhas as grandes cagadas que fazemos na vida.

A loja aonde Teca me levou era bem mais moderna, mas eu ainda não sabia qual o melhor modelo para encarar um encontro nada casual como aquele. Disse que preferia algo mais informal e não tão chique, afinal, imagine chegar à casa de alguém envolta em paetês e plumas e a dona da casa me receber de chinelo de dedo? O contrário também não seria bom, mas quem iria me receber cheia de brilhos em sua própria casa? Então aquela hipótese estava descartada.

– Que tal um vestidinho florido com uma sandália baixa? – sugeriu Teca.

A vendedora logo se apressou em trazer quatro modelos parecidos com o que minha amiga havia falado. O primeiro era preto, com flores laranjas, mas não gostei da combinação. O segundo era lindo, mas decotado demais. Não poderia aparecer na casa dos meus sogros na primeira vez exibindo os meus atributos físicos daquela maneira. O terceiro era muito curto. Teca disse que eu parecia uma velha escolhendo roupas, por encontrar tantos defeitos nas peças. Mas o quarto vestido era perfeito. Decote em forma de canoa, comprimento no joelho, estampa de flores pequenas de diversas cores. Com uma sandália branca, ficaria lindo.

Teca concordou comigo, então comprei o vestido e a sandália também. Parcelei em cinco vezes, isso depois do pedido de manter o preço à vista no parcelamento. A maquiagem ficaria por conta da Teca, que também arrumaria o meu cabelo. Agora bastava voltar ao meu apartamento, ficar pronta e esperar mamãe chegar. Max iria nos pegar e ainda não sabia que sua sogra iria junto. Tanto faz, problema seria se eu resolvesse levar o gato.

6
AGORA EU TENHO SOGRA

Minha mãe estava horrível. Como ela conseguia se vestir tão mal permanecia um mistério para mim. Mesmo quando trabalhava no Fórum, que eu me lembre, ela também era perita em não combinar as estampas, mas naquela época tínhamos em casa a ajuda de Odete, uma moça esforçada que limpava, lavava, passava e ainda cuidava das roupas de mamãe – e só hoje eu entendo que era a parte mais difícil de seu trabalho. Odete ficou lá em casa por anos, até completar 29 e se casar. Ela já estava inclusive formada na faculdade de Pedagogia. Por causa dela, Dona Amaralina não passou vexame em seu trabalho por tanto tempo.

Mas naquele dia, sem a ajuda preciosa de Odete, minha mãe estava feia demais. O problema era como dizer a ela. Provavelmente eu iria disfarçar e acabaria não falando nada, como sempre. Só precisava fazê-la tirar aquela flor verde-musgo do cabelo.

– Como estou? – perguntou.

– Ótima – eu menti.

Acho que preferia manter a sanidade a brigar com mamãe, porque ela não daria o braço a torcer que estava errada. Ela nunca dava. Para ela, tudo o que fazia era certo, suas escolhas eram as melhores e, se uma pessoa pensasse diferente, não era correta. Mas com ela ali, na minha frente, eu não conseguia nem dizer a verdade sobre o seu conjunto saia-blusa tudo da mesma cor de grama e com apliques em lantejoulas. Ela deve ter comprado naquela loja da amiga e eu cheguei a sentir pena por uma fração de segundos.

Max entrou em casa cinco minutos depois, na hora prevista. Não me lembrava de nenhuma outra vez em que ele tivesse sido pontual como naquele dia. Fez uma careta quando viu a minha mãe lá e chegou a insinuar que seria bom vê-la novamente outro dia, mas como ela é muito ingênua – ou se faz de ingênua, o que daria no mesmo –, logo nos seguiu quando saímos do apartamento.

Eu estava apreensiva. "Sogra" era um palavrão, quase todas as minhas amigas concordavam com isso. A Catarina já tinha casado; aliás, era a única casada do nosso grupo de amigas, e sempre me contava as histórias terríveis sobre sua sogra. O sogro quase sempre é coadjuvante, mas eu não estava esperando ser bem tratada. Bom, pela primeira vez eu poderia chamá-lo de namorado de verdade e, para ser sincera, eu não sei se me sentia feliz com tudo aquilo.

Max morava em uma casa de bairro nobre, dentro de um condomínio fechado. A casa tinha enormes janelas de vidro com cortinas que encobriam o interior. Antes mesmo de colocar a chave para abrir a porta, ela se abriu. E eis que surge de lá de dentro uma mulher... que eu não poderia imaginar... que era a minha sogra, meu Deus. Ela era deslumbrante.

– Blanda! Finalmente nos conhecemos! – disse Dona Cremilda, com um sorriso aparentemente sincero.

– Oi, Dona Cremilda. Prazer em conhecer a senhora. Ah, essa é a minha mãe, Amaralina.

– Pode me chamar de Lina – disse mamãe como quem fala com sua amiga de infância. Dona Cremilda não pareceu estranhar o comportamento dela, abraçou minha mãe e disse que era um prazer receber nós duas em sua casa.

Logo que entramos, avistamos Seu José sentado em uma poltrona próxima à janela, com um livro nas mãos, tão atento à história que não notou nossa chegada. Dona Cremilda chamou o marido e ele pediu desculpas por não ter notado que a campainha havia tocado.

– Quando eu começo a ler, esqueço da hora. É muito bom, não é? – comentou comigo, em tom amigável. Eu concordei e ele me abraçou, depois disse que era um prazer receber a namorada do filho pela primeira vez em sua casa. Achei estranho ouvir da boca do meu sogro as palavras "a namorada do meu filho".

Nós nos sentamos no sofá e a televisão estava desligada. Dona Cremilda puxou a conversa perguntando por que eu nunca tinha ido lá, já que ela queria há tempos me conhecer. Eu não soube se seria correto dizer que o seu filho parecia esconder a família de mim – ou me esconder da família, o que seria pior –, então falei sobre a correria da vida e aquelas coisas todas que dizemos quando estamos sem jeito.

O papo sobre leitura foi retomado por Seu José, que contou que não entendia como o filho podia "ter saído desse jeito". Max não gostava de ler e escrevia mal pra caramba. Os pais perguntaram o que eu fazia e senti um pouco de vergonha ao dizer que estava desempregada. Mas emendei contando sobre a procura de emprego todos os dias, que me formei em Direito, estudei alguns idiomas, pensava em fazer uma pós-graduação e um curso de pintura.

– Uma artista! – exclamou Dona Cremilda. – Embora eu tenha tentado explicar que não pintava havia muito tempo, ela pareceu achar que era somente modéstia.

A conversa fluiu bem, Seu José pediu para eu incentivar Max a ler, mas ele mesmo afirmou que seria uma missão quase impossível. Falamos sobre a situação da política, a economia brasileira, culinária e então minha sogra me perguntou há quanto tempo eu e Max estávamos namorando. Eu devo ter ficado vermelha, porque senti um calor nas bochechas e não consegui responder nada. Max disse para a mãe que era "quase um ano", assim como quem nem sabe direito. Vai ver não sabia mesmo.

– Então, Blanda, vocês pensam em se casar? – perguntou Dona Cremilda.

Engasguei. Dei um sorrisinho e olhei mais uma vez para Max. Ele não se pronunciou, o que me deixou com vontade de me levantar e ir embora, mas permaneci quieta.

– Ah, sim, o casamento está nos planos.

Mas quem disse aquilo não fui eu. Nem Max. Quem entrou na conversa foi a minha mãe.

Em certos momentos na vida, chegamos a pensar por que tomamos determinadas atitudes e aquele foi um bom exemplo, pois eu me arrependi da forma mais dolorida por ter chamado mamãe para ir conosco ao jantar. Ou o que é ainda mais deprimente, por ter permitido que ela fizesse mais uma vez sua vontade. E agora eu passava vergonha e não sabia como desfazê-la.

– Conte-me, então, Lina. Se eu puder ajudar em alguma coisa, estarei às ordens.

O mais incrível de toda aquela situação era a postura da minha sogra. Além de linda, ela também era educadíssima. Uma mulher alta, esguia, cabelos cor de mel bem cuidados, encaracolados e na altura dos ombros e uma maquiagem leve para destacar os brilhantes olhos verdes. Sua roupa era discreta, porém chique. Estava com um vestido cor de vinho, com decote em V e mangas curtas. O colar e os brincos combinavam com a tonalidade do tecido e a sandália, da mesma cor, era alta e parecia confortável, porque a mulher andava como quem desfilava em uma passarela.

O meu sogro era um senhor bonachão e simpático. Tanto ele quanto a sogra não eram mais moços, mas ambos tinham no rosto a alegria de dois jovens. Seu José tinha cabelos pretos com fios brancos que até lhe davam certo ar de intelectual. Os óculos completavam o visual e a roupa era digna de vitrine de *shopping* – calça combinando com camisa e cinto combinando com sapato.

Por um momento, eu esqueci que a minha mãe tinha falado uma asneira na casa dos meus sogros. Quando percebi, ela e a sogra estavam acertando detalhes de um casamento. De quem? Meu? Eu não sabia que ia casar, por acaso. Max não parecia feliz com a ideia e logo sugeriu que fôssemos para a mesa porque o jantar iria esfriar. E eu notei que não estava com a mínima fome.

୬୨୧୨

O jantar só não foi um desastre completo porque minha sogra me deixou bastante à vontade à mesa. Não comi quase nada porque minha atenção estava voltada exclusivamente para os movimentos bucais da minha mãe. Era importante anotar na mente todas as besteiras que ela estava falando ou intervir se fosse necessário. Enquanto as mães conversavam, Seu José era simpático comigo e puxou papo sobre as vantagens de eliminar o açúcar da dieta, mas eu disse que deixava essa tarefa para outros, porque a vida já é amarga demais e por vezes temos que adoçá-la um pouco. Na verdade, descobri minutos depois que ele era diabético. Puxa vida, ninguém tinha me falado nada antes daquele fora.

Após uma deliciosa sobremesa (um bolo de pão de ló dietético recheado com um creme de morangos delicioso), eu pedi licença para ir ao banheiro e todos foram à sala para tomar o café. Quando retornei, procurei as mulheres e não as vi. Então Seu José deve ter percebido a apreensão – ou um baita nervosismo mesmo – e me disse que elas estavam no quarto e eu poderia ir lá para participar da conversa.

Quando me aproximei do quarto, resolvi não entrar e me portei como uma criança quando deseja descobrir o segredo dos pais. Fiquei à espreita ao lado do batente, e pude ver pela fresta, porque a porta estava entreaberta, mamãe e Dona Cremilda sentadas em um sofá encostado na parede e passando os olhos por algumas revistas espalhadas. Revistas sobre casamentos.

– Sempre sonhei com o casamento do meu bebê. Nem acredito que chegou a hora. – disse Dona Cremilda.

– Minha princesa vai ficar linda de vestido de noiva, não vai? – completou mamãe.

Minha mãe e minha sogra planejavam o meu casamento, mas sequer tinham perguntado se nós queríamos nos casar. Resolvi não entrar, saí de fininho e procurei Max na sala. Contei o que estava acontecendo e ele levantou os ombros, sem parecer muito preocupado e disse que logo elas esqueceriam "aquela bobagem". Tudo bem que eu não tinha pensado em casar, mas aquilo não era uma bobagem, era o meu casamento! O Max não mostrava sentimentos. Perguntei se ele gostaria de sair para dançar, mas ele falou que estava cansado e ficaria em casa naquela noite. Levei mamãe até sua casa de táxi e liguei para Tereza. Eu precisava salvar a noite, só não sabia o que me aguardava.

7
É ele, é ele!

— Tereza, sou eu, a Blanda. Você está muito ocupada agora?
— Não, ainda são onze da noite e é cedo para uma balada. Estou me arrumando para sair. Mas você não estava na casa de seus sogros?
— Estava, depois eu te conto. Posso sair com você? — eu perguntei, sem cerimônias. Tereza não negou, como jamais me negava um pedido de ajuda, e ela sabia quando eu pedia socorro. Ligamos para Catarina, para ver se ela queria ir conosco, mas o marido estava trabalhando "plantão, sabem como é..." e ficaria para uma próxima oportunidade.

Aproveitei o táxi e fui para a casa da Tereza. De lá, sairíamos em seu carro. Teca trocava de automóvel a cada dois anos, no máximo. Ela morava com os pais, que faziam todas as suas vontades e o dinheiro ganho com o trabalho como estilista em uma loja de grife era guardado para luxos. Os carros novos estavam no topo da lista.

Quando cheguei à sua casa, encontrei a nostalgia. Eu me lembrei de quando éramos mais novas e nos preparávamos para os bailes na rua, de quando ficávamos horas com uma escova e um secador de cabelos tentando alisar nossas madeixas, de quando dormíamos uma na casa da outra e de todos os segredos que compartilhamos ao longo de tantos anos.

 Tereza era uma amiga especial porque entendia os meus sumiços e as minhas crises. Passei meio ano sem nem telefonar, mas vez ou outra ela mandava um *e-mail* perguntando se eu estava bem. Então eu respondia sobre a correria da vida, os problemas, as contas, mas que estava bem e feliz. Ela sempre me dizia "se está feliz, é o mais importante, mas se precisar conversar, pode ligar a qualquer hora". Acho que Teca sempre soube quando eu não estava realmente bem.

 Subi as escadas do sobrado e procurei a primeira porta à esquerda, depois que sua mãe me disse que minha amiga estaria lá, em seu quarto. Eu gostava dos pais de Teca, eram sérios, mas boas pessoas. Bem em frente estava o quarto de seu irmão, mas ele pouco ia lá. Na verdade, Tiago já era casado. Teca tinha dois sobrinhos, duas crianças lindas e que ela adorava. Mas mesmo Tiago já tinha sido alvo de nossas palhaçadas na infância e sempre foi calmo e participativo. Havia vezes em que ele e a namorada (que hoje é esposa) nos levavam ao *shopping* e nos largavam lá, mas sob supervisão. Começamos a sair sozinhas desse jeito, sempre com os olhares atentos de Tiago, aos 12 ou 13 anos. Íamos ao cinema, à livraria e principalmente à praça de alimentação onde os garotos e as garotas se encontravam, sentados em banquinhos de madeira. Teca sempre foi a mais paquerada da turma.

 Naquela época também realizávamos bailinhos na rua de casa e nossos melhores amigos eram o primo da Teca, Guilherme, além da Catarina, Talita, Neco e Bola. Guilherme continuou presente porque era da família da Teca, a Catarina tinha casado, mas sempre falava conosco. Os outros tinham desaparecido, como muitas vezes acontece com um grupo de amigos.

 Soube que outros colegas daquela rua se mudaram, como o Marcos, que foi morar em outra cidade com a mãe depois que os pais se separaram, quando tínhamos uns 18 anos. Ou a Daniele, que engravidou do Pedro quando ambos tinham 17. Nessa época nos falávamos um pouco, mas eles sumiram e foram morar no sítio dos tios da Dani. Ficaram sumidos alguns anos, como se fosse um pecado ter filhos. Aquilo eu nunca entendi.

Mesmo com a beleza estonteante de Catarina, com aqueles olhos brilhantes e corpo de modelo, Teca era uma das mais desejadas. Vai ver porque aos 16 anos nunca tinha beijado ninguém (mas eu também não e nem por isso era paquerada) ou porque sua simpatia chamava a atenção em qualquer ambiente. Teca e aquelas sardas em seu rosto, que foram diminuindo com o tempo, eram a magia de toda festa. Mas eu não me importava, estava acostumada a ser a amiga de todos, a legal, a confidente e com os ouvidos mais dispostos a saber sobre as crises amorosas dos amigos.

A verdade é que eu me importava, sim, com os rótulos, mesmo sem demonstrar. Só sabia que ali estava a minha turma e eu me sentia mais confiante com eles do que quando estava sozinha e era caçoada. Como havia cansado de ser a piada, eu me tornei parte de um grupo de amigos e, nas horas vagas, pintava os meus quadros, que quase sempre serviam para mamãe presentear a família nas festas de Natal. Ela nunca me pagou um curso de pintura, como eu pedia, porque dizia que quando crescesse eu seria advogada. "Pintura não é profissão, é uma diversão e até que, pra isso, você é bem talentosa." Não devia ter dado ouvidos à mamãe, porque larguei a minha paixão durante quase todos os anos de faculdade – exceto vez ou outra quando eu me trancava no quarto e ela pensava que eu estava decorando o Código Civil, enquanto estava na verdade entre telas e tintas.

Lá na porta do quarto de Teca, muitas lembranças vieram à mente de forma rápida e dolorosa, porque eu sabia que tudo feito anos antes tinha colaborado para eu ser o que era naquele momento. Só não sabia se gostava do que eu era naquele momento.

Preferi esquecer as lembranças e me concentrar naquela noite. Mesmo sem meu namorado, decidi me divertir. Não era a minha cara deixar o moço em casa e sair, mas eu merecia uns drinques e umas músicas.

– Blanda, você chegou! – disse Tereza assim que abriu a porta e me viu.

– Pois é. Nem adianta me perguntar o que estava fazendo plantada na frente da porta. Só parei uns instantes para divagar sobre quantas histórias passamos juntas.

– Quantos momentos incríveis! – disse a minha amiga. – Mas vamos repetir um pouco dessa alegria hoje. Guilherme vai conosco e lá no Bar Zoom vamos encontrar com algumas pessoas.

– Quem, por acaso? – perguntei. Mas antes de eu adivinhar, ela apontou para um mural de fotos antigas que ficava sobre a sua escrivaninha e lá estavam as fotos de nossa adolescência, misturadas a retratos de escola e de sua faculdade de moda. E então vi os sorrisos de Talita, Neco e Bola, em um abraço bem apertado, em que eu e Teca aparecíamos atrás, como duas biconas na foto, mandando beijos para a câmera.

Eu estava ansiosa para encontrar meus amigos – alguns eu não via desde a época de adolescência. A noite prometia diversão, poderíamos curtir um bom bar, com música de primeira qualidade, já que a banda Zoom era considerada a melhor da cidade. Eu merecia. Ah, eu merecia mesmo.

⁂

Quando entramos no bar, por volta da meia-noite e meia, depois de ficarmos um tempo na casa de Teca colocando a conversa em dia, inclusive os acontecimentos das últimas semanas e o encontro com meus sogros, saímos com Guilherme e procuramos a mesa reservada em seu nome, no mezanino. O grupo já tocava as primeiras músicas, ainda as menos conhecidas, para deixar que o público pegasse fogo mais tarde. Atravessamos o salão, que não era tão grande, e subimos a escada caracol que ficava próxima aos banheiros. Lá em cima, na mesa reservada, estavam nossos amigos. Talita e Neco de mãos dadas, e então presumi que aquele romance de adolescente tinha ido pra frente, e Bola sozinho, como sempre, mas olhando para todas, o que era previsível.

Nós nos abraçamos com uma alegria contida há anos e eu percebi que todos nós tínhamos envelhecido. Foi delicioso estar na companhia daqueles amigos e em poucos minutos estávamos rindo e lembrando as histórias dos bailes. A situação mais engraçada foi quando o Bola resolveu cobrar ingresso para entrar na garagem do Marcos, onde aconteceu um baile de Dia das Bruxas certo ano. Com o dinheiro arrecadado, só com aqueles convidados da rua de cima que não eram muito agradáveis, nós fizemos outra festa, dessa vez só para a turminha mais amiga. E compramos diversas garrafas de refrigerante e até umas latas de leite condensado. Fizemos tanto brigadeiro que saímos com dor de barriga daquele encontro.

Já havia percebido que todos tomavam cerveja, enquanto eu estava no terceiro coquetel de frutas sem álcool, mas como a carteira de motorista estava na bolsa, eles podiam beber até cair que eu serviria de motorista mais uma vez, como sempre. De repente, o Bola começou a interrogar sobre como andava a vida sentimental de cada um, com o mesmo jeito engraçado de quando era moleque.

– Fala, Blandita, cadê o bofe? – e quem respondeu foi a Teca.

– Nossa amiga vai casar, galera.

– Sua amiga da onça – eu disse, mas caí na risada. Expliquei a situação para a mesa, mas nem todos acreditaram que eu não estava a fim de me casar. Neco dizia que, no fundo, todas as mulheres sonham com isso, mas eu expliquei que não esperava que tudo acontecesse daquele jeito (tão sem graça).

A banda Zoom começou a tocar The Beatles e nós começamos a dançar com as mãos por cima da mesa e bater os pés por baixo. "Help" era a canção. Como ao lado da mesa, perto da grade que impedia um maluco de cair para o andar de baixo, havia um espaço, nós o utilizamos para desenvolver coreografias improvisadas e lá mesmo dançamos "Satisfaction" dos Rolling Stones e "Burning love", do Elvis. As mulheres grudaram na grade e assim subiam e desciam com as mãos na frente do corpo. Era até engraçado de ver.

Foi quando me lembrei do ridículo laço vermelho de bolinhas brancas, feito com um tecido que brilhava, presente da minha mãe. Estava na bolsa e em segundos na minha cabeça. Coloquei para fazer graça e todos adoraram. Fui para frente da grade e dancei Elvis Presley ao som da banda Zoom, quando percebi que muitos lá embaixo olhavam e batiam palmas para mim. Acompanhei cada palavra da letra, até o momento em que desviei a atenção do vocalista para os demais componentes da banda. Meu Deus, não podia ser. Era ele, era ele! E ele me olhava com cara de quem quer rir. Parei de cantar e dançar e, enquanto fiquei como uma estátua fitando aquele olhar, ele parecia esconder um sorriso. Não, era uma risada. Mais uma vez.

– Teca, é ele. Ali, o baterista! Olhe ali... Ele está bem ali, olhe!

– O que tem o baterista? Uau, Blanda, ele é um gato. Sua danadinha.

– É o gerente do banco, Tereza. Aquele lá, de quem eu falei hoje, na sua casa, antes de sairmos. E ele quer rir de mim de novo.

Então minha amiga tirou aquele laço horroroso da minha cabeça, mas quando eu me virei, ele deu uma piscadinha pra mim. Ah, que vergonha. Eu recebi a piscadinha de um gato, que além de lindo, inteligente (eu estava apenas supondo, claro) e trabalhador, ainda era músico! Mas aquilo não poderia ser uma cantada, porque eu estava com um laço da Minnie na cabeça e ele devia estar tirando sarro de mim.

Desci e me escondi no banheiro. Fiquei lá por vinte minutos, tempo suficiente para que a banda recomeçasse a tocar, depois do intervalo. Quando subi novamente, a mesa inteira jurou que o gerente-baterista tinha ido me procurar. Então eu pedi desculpas, porque naquela noite não seria a motorista de ninguém. Perguntei se alguém queria carona no táxi e fui para o apartamento.

8
Cadê a luz no fim do túnel?

Cidade que entre as categorias de grande ou pequena tende muito mais a ser pequena tem dessas coisas: sair à noite é um grande risco de encontrar alguém conhecido. Eu já tinha pensado que poderia topar com o gerente do banco em algum lugar e até desejei isso, mas nunca imaginei que fosse acontecer bem no momento em que eu estava com um laço horroroso na cabeça, na frente dos meus amigos. Como resultado, a minha madrugada foi um caos.

Ótimo panorama. A minha mãe e a minha sogra planejavam o meu casamento, eu sequer sabia se o meu namorado queria se casar comigo e não parava de pensar em um cara cujo nome eu desconhecia. Naquele momento, pensei: "Sou a pior espécie de mulher que já existiu, mas não posso desistir de mim mesma, senão estou perdida". Decidi dar uma chance para o que é real e tentar esquecer a história de cinema com o gerente de banco que era baterista. Até porque história de cinema é escrita para cinema e só acontece no cinema. Seria diferente comigo?

Freddy me fez companhia na insônia. Não foi uma companhia consciente, mas eu não me importava de ele estar dormindo. Max já havia feito isso diversas vezes e, pelo menos, o gato não roncava.

Eu não lembro a que horas o dia amanheceu, mas devo ter caído no sono bem próximo disso. Acordei com o celular tocando. Eu detesto acordar com celular tocando. Pior, só com o despertador. A verdade é que eu não suporto acordar cedo, não importa quem esteja me acordando. Bom, até dependeria, mas eu havia prometido desviar os meus pensamentos desse caminho. Pronto, já estava esquecido.

– Gata, a coroa tem quatro ingressos para teatro hoje à noite, você topa?

– Max?

– Claro, ué. Tava esperando a ligação de mais alguém?

Fiquei em silêncio para não falar besteira.

– Qual peça?

– Ah, sei lá. Uma peça aí que fala sobre um casal.

Bastante objetivo. E muito inteligente da parte dele me ligar na manhã de um sábado, depois de uma noite tenebrosa, para me chamar para uma peça de teatro que eu não sabia se era para chorar ou rir.

– Não importa, Max. Vamos.

Pensei que poderia ser bom sair um pouco e conversar. Além do fato de que ir ao teatro é bom demais, principalmente com ingressos gentilmente cedidos pela sogra.

Antes de bater o telefone – porque o Max não desligava, ele batia o aparelho –, ainda teve tempo de me contar que após a peça iríamos jantar fora com os pais dele, porque a mãe tinha uma surpresa para mim. Não tentei adivinhar, porque a realidade quase sempre é mais cruel. Marcamos de ele me pegar, mas eu pedi que chegasse um pouco mais cedo, assim teríamos tempo para conversar. Ele não disse nada, então supus que estava tudo certo.

Eu comi macarrão instantâneo e me joguei no sofá. A minha vida precisava tomar um rumo depressa, porque estava tudo sem cor, sem graça e sem sentido nenhum. O que mais me preocupava é que eu não podia me casar. Aliás, não entendo como as pessoas podem decidir assim "ah, vamos casar?", "sim, vamos, oba" e pronto, juntam suas trouxas de roupa. Acho complicado juntar as roupas, as escovas, as manias e as chatices. Se o amor não é daqueles fortes e de conto de fadas, fica ainda mais difícil.

Tudo bem que amor de conto de fadas pode acabar um mês depois do casamento, mas pelo menos você casou com a sensação de que estava tudo maravilhoso e, se estragou, foi culpa do casamento. Agora, casar com tudo em estado lastimável é atestar uma burrice. Mas eu não entendia nada sobre o amor, porque não tinha vivido um romance de contos de fadas nem por um dia.

Nem quando adolescente eu me lembro de ter frio na espinha. Isso deve ser expressão, sentir frio na espinha quando outra pessoa nos beija ou abraça. Eu já senti nojo, isso sim. O meu primeiro beijo foi assim, porque eu me lembro dele. As meninas da rua já tinham beijado, ficado e ido para a cama com uns garotos, mas eu achava errado deixar alguém chegar perto de mim sem gostar. Cheguei a mentir para umas meninas não tão amigas que eu já tinha beijado, sim, lá na escola. E na escola, é claro, eu mentia que tinha beijado na rua. As minhas melhores amigas sabiam e me chamavam de boba.

Aos 18 anos, enquanto cursava o primeiro ano da faculdade de Direito, eu me interessei por um advogado do escritório em que era estagiária. Ele não esperou nem quinze dias de flerte para me chamar na copa e me lascar um beijo. Foi realmente nojento. Não, eu não sou uma freira. Mas como é que eu ia saber que ele ia me agarrar ali, no meio da cafeteira e do frigobar? Se tivessem me contado que esperar tanto tempo não iria valer nada, eu teria esquecido essa bobagem de amor muito antes.

Então o segredo poderia estar justamente ali. Esquecer o que era demais, sonhos e fantasias, e partir para a realidade. Precisava dar uma chance ao Max.

Passei o dia tentando ficar mais bonita. Enchi uma bacia com água quente e coloquei os pés lá dentro, depois fiz as unhas e cuidei da pele. Para a maquiagem eu tive ideias depois de ver a foto de uma atriz na internet. Ampliei, captei os detalhes e pronto, ficou quase perfeito, exceto pelo delineador, que escorregou e corrigi com um cotonete. Mas fiquei bonita. Passei um creme novo no corpo todo, coloquei um vestido roxo e esperei Max chegar. Eu estava fazendo a minha parte e nosso futuro tinha chances de ser bom. Quem poderia saber?

Não deu tempo de conversar com o Max. Ele me ligou alguns minutos antes e me pediu para ir de ônibus, porque "sei lá o que não sei das quantas era muito importante". É assim que meu ouvido escuta quando alguém resolve me ligar minutos antes do horário combinado para descombinar tudo. Tive vontade de não ir, mas pensei na educação da Dona Cremilda em me convidar para ir ao teatro e achei desaforo não comparecer. Mas, com toda a sinceridade, eu não sabia se podia me casar com um cara como o Max.

Eu acelerei o tempo no meu relógio interno. Cheguei à casa da sogra, Max inventou uma desculpa para não ter me buscado, Dona Cremilda elogiou o meu vestido, entramos no carro, chegamos ao teatro e assistimos à peça, depois de segurar o vômito por sentir um cheiro de rato morto vindo de um salgadinho da criança ao lado. De lá partimos para um restaurante, pedimos umas bebidas, e uma amiga da sogra chegou. Conversamos um pouco e depois as cenas ficaram em câmera lenta, assim como andava a minha vida.

– Blanda, minha querida, a Lilibeth possui uma butique.

Eu juro que me deu vontade de dizer: "Ah, é? Sorte sua, porque eu estou desempregada", mas achei melhor sorrir. Dar aquele sorriso grande, com boca meio aberta e dentes à mostra, mesmo amarelados, sempre dá certo. Seja para situações ruins ou boas. E como eu não sabia se aquilo era bom ou ruim, devia valer também.

– Minha amiga Cremilda me disse que você é uma artista.

– Eu?

– Ah, querida, não precisa ter vergonha da Lilibeth. Somos amigas há anos, deixe a modéstia de lado.

– Pois é, né. Então sou.

Acho que pensaram que eu tinha soltado uma piada. As duas riram parecendo Papai Noel, uma coisa meio "ho, ho, ho", com a mão na boca, como quem deseja esconder uma dentadura que está quase caindo. Eu dei aquele sorriso de novo, porque não conheço outra tática melhor.

– Gostaria de expor seus quadros na minha butique? Podem embelezar o ambiente e colocamos as obras à venda, para quem se interessar – disse a tal mulher de nome estranho. Mas ela foi simpática e parecia ser verdadeira, pelo menos naquela frase. E eu, puxa... eu fiquei sem saber como responder.

– Eu... eu não sei o que dizer... Faz tanto tempo que eu...

– Não tem problema, Blanda. Se faz tempo que você não expõe, esta é a chance de voltar. Quando podemos começar?

Mas a verdade é que fazia tempo que eu não pintava. Eu estava na área do Direito, batalhando por um emprego, apenas isso. Pintei poucos quadros e foram apenas desabafos em momentos de crise. Mas mantive a minha postura e me lembrei de que, assim como não poderia dizer aos escritórios que não gostava de ser advogada, eu precisava segurar as pontas e não confessar que as tintas da minha casa já deviam até estar secas.

– Quando a senhora deseja começar a exposição? – perguntei, com segurança.

– Que tal um *vernissage* na semana que vem?

– Perfeito.

Pronto. Tinha acabado de selar dias de inferno comigo mesma. Mas com tempo contado: uma semana. Enquanto isso, Max estava com o pai no bar do restaurante, mas ele nem notou quando eu acenei e mandei um beijo. Ou fingiu que não notou.

9
O Quê? Uma Ruga?

Coloquei o despertador para me acordar no domingo porque sentia que precisava disciplinar a minha rotina. Tudo bem que eu levantei quarenta e cinco minutos depois. Apertar o botãozinho do relógio cinco vezes não estava nem perto do meu recorde e não me senti culpada. Levantei e decidi que aquele seria um dia produtivo. Engraçado esse negócio da mente: quando decidimos que o dia vai ser bom, ele é ótimo. Mas o duro é acreditar que ele pode ser bom com tanta coisa para resolver. Mesmo assim, apostei na produtividade.

Às vezes tenho vontade de me entupir de *bacon* no café da manhã ou qualquer outra coisa bastante gordurosa e deliciosa, porque a ideia de pegar um iogurte *light*, desnatado e com fibras não é das mais agradáveis. Então tomei só água, assim poderia abusar um pouco no almoço. Desde aquele dia em que tentei experimentar diversas calças que não serviram, prestei mais atenção à minha alimentação, mas não adianta muito. Toda mulher em regime é insuportável e, se eu estava em crise, era melhor deixar essa coisa de ingerir alface para depois. Faltava apenas uma semana para a abertura da minha exposição. O detalhe é que eu não tinha nada para apresentar lá.

O domingo serviria para ver o estado em que meu material estava, porque na segunda teria que correr atrás de tintas, pincéis e telas. Fui ao banheiro para escovar os dentes, lavar o rosto e começar o dia bem animada. Bom, eu não sabia que esse estado mental mudaria em tão pouco tempo.

Joguei água na cara umas três vezes antes de ter certeza daquela aberração. Uma ruga bem embaixo do meu olho direito. Sim, eu vi uma ruga horrorosa que não estava aqui no dia anterior. Rugas nascem assim, da noite para o dia? Rugas nascem em mulheres jovens? Mas ela não estava ali, ela não era minha e eu não a queria. Pronto.

Mas estava. E não era uma linha simples, apagada. Era uma ruga forte e marcante bem onde eu já tenho uma olheira. Não dava para conciliar ruga com olheira. Demais para uma mulher só. Passei a mão e estiquei a pele e, como em um milagre, a ruga desapareceu. Mas foi só soltar a mão e lá estava ela. Vai ver é por isso que existem tantos cirurgiões plásticos por aí. Deve ser um troço danado de bom acordar com a cara sem imperfeições.

Nunca fui muito ligada em cremes ou experimentos milagrosos para mudar meu rosto ou corpo. A verdade é que tentei me acostumar comigo mesma e convencer os outros de que eu era mais interessante do que bonita. Inteligente, talvez. Um pouco contraditório, porque se eu fosse mesmo inteligente, não estaria desempregada nem teria aceitado um convite para uma exposição com quadros que nem ao menos existiam. Mas fazer tipo de intelectual me ajudou por um tempo, para eu não me sentir a pior de todas. Pelo menos a turma poderia me ver como a *nerd*. Até porque é melhor ser chamada de *nerd* do que de feiosa.

Nos últimos meses, embora Max não tivesse me falado muitas vezes que eu era bonita, eu me sentia melhor do que alguns anos antes. Quando saíamos juntos, eu percebia que ele ficava de olho nos rapazes que me olhavam. Até porque a verdade é que o Universo deve ter uma lei que facilite a paquera para mulheres acompanhadas. Quando eu estava sozinha, era assim que eu continuava. Quando Max aparecia, eu poderia até escolher com quem ficar.

E não é que posso dizer que pelo menos o Max participou do pedaço da minha vida em que eu comecei a me sentir mais bonita? Por isso talvez eu sempre tenha dito que esse lance de idade é pura bobagem, porque, quanto mais velha ficamos, temos mais experiência e continuamos lindas (por favor, eu quero acreditar nisso).

Eu dizia esse monte de bobagens porque nunca tinha visto uma ruga no meu olho. O pior foi esperar, porque no dia seguinte o outro olho também poderia ter uma irmã gêmea daquela deformação. Resolvi fazer umas ginásticas faciais em frente ao espelho do banheiro e descobri que a minha gengiva era estranha. Não sei dizer bem como, mas era estranha.

Eu me sentei no meu sofá branco, notei que Freddy tinha feito um buraco com suas unhas em uma das almofadas e acabei optando pelo mais simples: virei a almofada. A parte esburacada ficou para baixo e eu ganhei uma almofada levemente amarelada na parte de cima. A cor era interessante, quase aquele tom branco-sujeira das meias de Max.

Eu sei que é uma atitude infantil, mas naquela hora me deu vontade de chorar. Não sei se porque eu estava pronta para começar uma nova etapa na minha vida e sentia medo, ou porque minha mãe planejava um casamento com o meu namorado sendo que ele mesmo nunca tinha me dito que queria se casar comigo, ou pelo simples fato de eu ter encontrado a primeira ruga no meu rosto. Acho que era por tudo aquilo junto, mas o último detalhe fazia toda a diferença.

Max chegou de repente. Já devia ser mais de meio-dia, porque ele perguntou se eu tinha feito almoço, antes mesmo de me dar um beijo de "oi". É claro que não tinha comida e eu tive uma vontade imensa de soltar palavrões, mas lembrei que "isso só faz mal a mim mesma" e aquele monte de histórias que ouvimos por aí. Eu ainda estava no sofá e esperei ele chegar perto de mim.

– Quer almoçar fora? – ele perguntou.

Juro que fiquei atônita. Para falar a verdade, eu não esperava que Max pudesse ser gentil naquela hora. Eu estava tão magoada com ele, com tudo e com todos, que não esperava nenhuma atitude boa de ninguém.

– Ué, o que aconteceu com o sofá?

Demos risada. Foi até engraçada a cena dos dois olhando para aquela almofada amarela bem no meio do sofá de que eu tanto gostava. Eu apontei para os pés dele, que entendeu a piada. Em um minuto, estávamos rindo tanto, que caímos no chão. Então Max me beijou. Fazia muito tempo eu não sentia no beijo dele um gosto assim tão bom e leve.

– O convite para almoçar fora continua valendo?

– Só se for agora. Você tem nove minutos para se trocar – ele disse.

– Fica frio, isso é tempo pra caramba. Dá até para tirar um cochilo – eu brinquei. Coloquei uma saia *jeans*, uma camiseta com um coração estampado em cor-de-rosa e uma sandália da mesma cor. Passei batom e saí do quarto minutos depois.

– Bom, bom. Sete minutos. Mas por que esse batom, posso saber? Desse jeito, eu não posso te beijar. – dei risada e saí na frente. Max bateu a porta e seguimos para o melhor restaurante japonês da cidade, onde teríamos o papo mais agradável do que qualquer um dos que havíamos tido desde o começo do namoro.

10
Nova experiência

Max sempre soube do meu gosto por comida japonesa, aliás ele sempre soube de vários gostos meus, mas nunca utilizou seus conhecimentos para me agradar. O convite para almoçar me surpreendeu e a comida estava maravilhosa. Aquele monte de *sashimi*, com baixas calorias e sabor delicioso, era um banquete que me agradava. Falamos sobre a roupa dos garçons e demos risada do casal estranho da mesa ao lado. Foi tão bom que parecia que eu havia conhecido Max naquele dia. Melhor do que o verdadeiro dia em que nos conhecemos.

Pedi três *temakis*, que eu chamo carinhosamente de sorvete de peixe. Jogo bastante *shoyu* e me delicio, enquanto o molho de soja escorre pelas mãos. Pareço criança comendo, e Max me disse isso certa vez. Não tenho nenhuma característica de realeza e, como não existe possibilidade de eu ser princesa algum dia, eu me lambuzo com comida sem dor na consciência.

Eu não queria ter que começar o assunto. Perguntar para Max o que ele achava daquela história maluca das nossas mães arrumarem um casamento para nós dois. Na verdade, eu tinha até sonhado que ele chegava com uma caixinha escondida e me mostrava um anel de noivado, aquela coisa toda de filme. Acho que eu ia esquecer que era loucura e até poderia chorar, para ser sincera. Porque quando um homem pede uma mulher em casamento é um momento especial, mesmo que o homem não seja lá um grande namorado. Tudo bem, eu pensava com a razão completamente esquecida, porque nunca ninguém tinha me pedido em casamento. E o fato é que eu não sabia se queria tudo aquilo o que imaginava com Max, mas se ele tivesse aparecido com uma aliança, teria facilitado a minha decisão.

Do nada, de repente, enquanto eu estava com um *sushi* na boca, Max começou a conversa que eu estava esperando desde que ele entrou em casa e me chamou para almoçar.

– As nossas mães são malucas, você não acha?

Eu achava, sinceramente, a minha mãe mais doida do que a dele, mas era melhor não fazer comparações. Até porque eu queria ver até onde ia aquele papo e saber sua opinião sincera sobre o casamento.

– Pois é, elas são malucas mesmo.

– Mas pelo menos elas facilitaram um bocado o nosso trabalho, né, Blandinha?

– Que trabalho?

– Ué, de organizar tudo e tal.

– Organizar o quê?

– Como assim, organizar o quê? O casamento, oras!

Não era possível que Max estivesse falando de casamento com aquela naturalidade toda. Não era de um jeito lá muito romântico, mas ele estava falando.

– Max... você está brincando comigo?

– O que deu em você, Blanda? As nossas mães estão facilitando a nossa vida e você não está feliz?

– É que eu queria... sei lá... ter escolhido fazer parte disso tudo...

— Ah, já sei, você está com medo do que elas vão decidir por nós? Não tem problema, eu falo com minha mãe e peço para que ela chame você para todas as decisões. Aí você ajuda. Bom, eu não quero decidir nada, você pode escolher tudo.

— Você não precisa decidir nada, Max. Só precisa decidir se quer.

Nos primeiros dois segundos, achei que ele não tinha entendido. Nos três segundos seguintes eu percebi que ele entendeu, mas não soube como se expressar – ficou com a boca meio mole, como quem vai falar algo e desiste, depois pensa de novo para começar a frase. E demorava mais uns milhões de segundos para falar algo. Pior, o bunda-mole veio com um questionamento.

— Você não quer?

— Eu perguntei primeiro – disse.

— Ah, Blanda, não faz pirraça. O que custa responder?

— Como é que eu vou responder se quero uma coisa com você se eu não sei se por acaso você quer essa coisa comigo?

— Coisa é casamento, você quer dizer.

Eu balancei a cabeça como quem diz sim e ele colocou a mão direita no meu rosto, acariciou os meus cabelos, levantou da mesa e falou no meu ouvido:

— Boba. Claro que eu quero ficar com você.

Ficar não era o mesmo que casar. Mas tudo bem, ele quis dizer: "Boba. Claro que eu quero me casar com você", mas de uma maneira mais informal. Não parecia um pedido, mas aquilo me deixou emocionada. Eu me senti uma idiota, porque fiquei com lágrimas nos olhos. E então ele perguntou: "E você?", e eu o beijei. Caramba, havia um segundo que eu não sabia se queria ficar com ele e logo em seguida eu estava nos braços do homem e feliz porque ia casar. Max disse ainda que gostava muito de mim, que era uma mulher bacana, inteligente, uma boa companhia e seria uma experiência boa. Não gostei de ele se referir ao casamento como uma experiência, mas elas podem ser eternas, não podem? Eu não acreditava em contos de fadas, mas pensava que, se era para acontecer parecido comigo, teria que ser para sempre. Porque eu também queria um final feliz.

11
QUE TALENTO!

Deus deve ser um cara legal. Não aqueles legais sem graça, mas alguém muito interessante, com quem poderíamos passar algumas horas conversando. Não acho que tenha uma longa barba branca, mas uma barba rala e malfeita e que gosta de usar boné com a aba virada para trás. Descolado, deve preferir camisas floridas com cores fortes e bermudões com bolsos laterais. Tem um sorriso gostoso, é engraçado, divertido, gente boa e tem como passatempo preferido brincar com seu enorme tabuleiro e bonequinhos parecidos com Playmobil da minha infância. Passa o dia lá, mexendo as peças, tirando umas e colocando outras. E eu sou, com certeza, um desses bonecos. Ele deve se divertir à beça com a minha vida.

Tudo bem que foi sacanagem colocar aquela ruga imensa embaixo do meu olho, mas não nego que até eu me divertiria se pudesse espiar uma mulher no momento de uma descoberta como essa. No fundo, Deus não faz nada por mal, mas nós mesmos nos atrapalhamos aqui na Terra. Não sei se nos outros planetas os seres verdes, azuis e de dedos vermelhos são assim como nós, mas os humanos são um bocado atrapalhados. Transformamos um probleminha em um problemão e somos capazes de fazer uma novela com uma única cena.

Quando eu era menor, mamãe não fazia questão de sentar para conversar comigo e com Deus. Sabe aquelas conversas de amigos? Não, porque o Poderoso parecia um inquisidor. Tinha medo de Deus, para falar a verdade. Ela me mandava confessar os pecados com o padre e eu, no alto dos meus oito anos, dizia que tinha vergonha de contar para "aquele homem" as coisas que eu fazia.

Certo dia, fiquei doente. Fui internada com anemia. Eu acho que era anemia, porque tive de comer bife de fígado durante um tempão e até hoje mamãe acha que preciso. Meu pai segurou na minha mão e disse para eu pedir ao Papai do Céu para ficar boa. Mas se o Poderoso era bravo, eu não poderia chegar na maior intimidade e pedir uma coisa séria daquelas. Só que meu pai me mostrou que eu podia, era só falar a verdade sobre os sentimentos.

Ele deve mover as peças de seu imenso e infinito tabuleiro precisamente, mas pode gostar do bonequinho que me representa lá no céu, considerando que não passo um dia sem acontecimentos para contar. Queria saber como vai ficar a bonequinha Blanda de vestido de noiva.

༺༻

Depois que chegamos do almoço no restaurante japonês, Max quis ir para a casa dele dormir. Sempre achei estranho esse hábito de dormir tanto, mas não sou nenhum exemplo para criticar os outros. Quando ele foi embora, fui remexer nos armários e nas gavetas, com esperança de encontrar algo útil para a criação de novas telas.

Encontrei pincéis duros, muitas tintas velhas e uma tela com um furo bem no meio, parecido com a unha de um gato. Nem desconfiei quem fez a arte. Como era peça única da casa, resolvi que poderia ser importante para eu treinar. Peguei o material e cheguei à conclusão de que mesmo com muita boa vontade, eu não poderia chegar longe. E para aquecer, resolvi incrementar a tela com materiais inusitados.

Fiz um desenho de uma grande pata, já que o rasgo das unhas estava lá. Ao redor, tintas coloridas e misturadas do que consegui recuperar no meu material. Para completar, peguei o resto da farinha de rosca que estava na cozinha e cobri a pata. Ficou parecendo um animal fofinho, com cheiro de pão. Definitivamente, se aquilo era arte e eu conseguisse vender aquele quadro, eu poderia rasgar meu diploma de Direito. Bom, ele nunca tinha servido para muita coisa mesmo.

Passei tanto tempo em cima daquela pseudo-obra que quando olhei para o relógio já era hora de estar na cama. Nunca gostei de me sentir uma velha que tem hora para tudo, como se o estômago tivesse um relógio e depois de certa hora não recebesse mais comida e a cama pudesse me ejetar se eu chegasse tarde demais para dormir. Mas estava tarde de verdade. Decidi não jantar, porque prefiro dormir sem nada na barriga a acordar com azia. E essa fogueira interna não tem nada de erótica.

Antes de entrar no quarto, notei a expressão desconfiada de Freddy, que olhava a tela com a pata. De repente o meu companheiro podia pensar que era coautor daquela porcaria, mas eu não me importava, porque ele não poderia contar para ninguém que a ideia, na verdade, tinha sido dele. Antes de dormir eu pensei em Deus mais uma vez. No meu pensamento, Ele mostrou o polegar pra mim quando eu pedi que tudo desse certo para a exposição, porque aquela era uma oportunidade importante. Deve ter sido um sinal positivo, mas Ele não me contou que a semana ia ser um tanto quanto complicada. Ainda bem, porque senão eu nem teria me levantado da cama no dia seguinte.

Não precisei do despertador na segunda-feira. É uma sensação incrível ser acordada por um agradável telefonema de uma mulher de voz fina que vende assinatura de revista. Eu queria dizer "Olha, minha senhora, ultimamente só leio revista quando espero minha vez no dentista", mas para evitar acumular muitas culpas na minha lista, eu disse "Bom-dia".

– Olha, desculpa, mas... Como é seu nome mesmo?

– Maricreusina, senhora.

Não sei que pai ou mãe pode colocar um nome desses numa filha. Eu mentiria. Sério, eu mentiria se meu nome fosse aquele. É feio demais. Eu diria só Maria, que é bonito, ou diria Mari, ou não diria nada, inventaria um nome completamente diferente, porque as pessoas não saberiam mesmo. Mas depois de ela me dizer que se chamava Maricreusina, como é que eu poderia me concentrar em despachar o telefonema sem antes dar risada? Pode ser tática para prender a nossa atenção.

– Olha, tá... tudo bem, moça. Mas eu não quero assinatura nenhuma e de revista nenhuma. Não quero fazer você perder o seu tempo.

– É um prazer atendê-la, senhora – ela respondeu.

Que mulher idiota.

– Ô, filhinha, eu estou desempregada, não tenho dinheiro pra nada, como vou assinar uma revista que fala da vida dos outros? Não é que eu não gosto, você entende, Mari... moça... Então, eu gosto, mas não tenho dinheiro por enquanto.

– Nós parcelamos a sua compra em até dez vezes sem juros no cartão.

– Piquei o meu cartão em mil pedacinhos porque estava sem dinheiro para acumular mais dívidas. Não vai dar – tentei mais uma vez.

— Fazemos em boleto bancário.

— Mas, criatura, eu vou ter que *pagar* o boleto bancário. Eu não tenho dinheiro, você não entendeu? Olha, não tem emprego pra mim aí onde você trabalha?

— Desculpe, senhora, mas não entendi.

— Emprego. Olha, posso te mandar meu currículo? Escuta... Eu já fiz curso de corte e costura. Pode não ajudar muito aí, mas significa que eu sou uma pessoa multitarefa, não é mesmo? Ainda sou advogada, tenho diploma e tudo, embora não consiga nenhum emprego decente. Já pintei muitos quadros e atualmente estou tentando fazer uma mostra completa. Temo que seja um fracasso, mas não vou desistir. Isso também prova que sou persistente e decidida. E, por fim, eu não tenho dinheiro, mas não fico gastando em porcarias, assim como assinatura de revistas de fofoca, o que prova que eu sou responsável. Sou a funcionária perfeita, ideal, capaz, maravilhosa. Posso mandar meu currículo?

Quando eu terminei de falar, só ouvi um rápido "Boa-tarde, senhora, desculpe incomodá-la" e em seguida o barulho do "TU, TU". Descobri a chave do sucesso: como despistar o *telemarketing*.

12
surpresa!

Antes de sair às compras na segunda-feira, resolvi checar os meus *e-mails*. O computador era velho como o resto do meu lar, doce lar. A internet ainda era discada, daquelas em que precisamos fazer uma ligação com o além para conseguir uma conexão com a rede mundial de computadores, mas ainda assim eu não podia reclamar muito, porque funcionava.

Quanto lixo cibernético. Eu vi dezenove novas mensagens. Nove eram porcarias. Um *e-mail* tentava me vender um pênis verde de borracha com cinquenta centímetros (eu tive até vontade de escrever de volta tirando sarro e pedindo um tamanho maior), outro dizia que um cartão estava à minha espera (um vírus, na verdade, mas não sou tão tonta assim) e um terceiro oferecia desconto para a compra de utensílios para a casa. Não, obrigada.

Fora os *e-mails* de desconhecidos, meus amigos me lotavam de piadas infames. Umas eu lia, outras eu apagava sem ler e outras eu respondia. Diretamente para mim, apenas duas mensagens. Teca escrevia perguntando como eu estava e disse que tentou me ligar no fim de semana, mas não conseguiu. Também tive uma surpresa: *e-mail* do Jaime. Ele era um pouco afastado da turma da rua, mas mantínhamos contato ainda pela internet. Eu me lembro de quando ele foi morar em outro estado e escrevia contando suas aventuras. Jaime se tornou hoteleiro dos bons e vivia viajando por diversos empreendimentos de turismo no Brasil. Eu adorava as fotos que ele mandava.

Naquele dia em especial ele enviou um convite. Fiquei empolgada quando li que ele iria se mudar para uma casa própria (e enorme, pelo jeito) e convidava todos os amigos para conhecerem. Ele sempre teve bom gosto para decoração e qualquer espaço dele era maravilhoso.

"Teremos o maior prazer em receber os amigos no nosso lar. Mesmo aquelas pessoas que não vemos há muito tempo, sejam bem-vindas. Vamos encontrar toda a galera no próximo sábado às dezenove horas". Logo deu para perceber que Jaime estava com uma garota. Devia ter casado ou, talvez, só juntado os trapos mesmo. Como ele adorava festas, tinha certeza de que se tivesse casado teria convidado todo mundo para uma comemoração.

Sorte da moça, porque ele era um bom rapaz. Além de muito atencioso e criativo, era bonito. Alto, moreno, cabelos pretos encaracolados e olhos cor de mel. Braços fortes, sorriso perfeito e mãos delicadas. As meninas da rua babavam no Jaime, ele era o rei do pedaço.

"Eu e Roberto esperamos todos vocês aqui na nossa casa. Não se preocupem que, por enquanto, nossa família ainda é pequena (nós dois) e quem quiser dormir por aqui mesmo nem precisa pedir, é só ficar. Abração a todos."

O quê?

Hã?

Como assim "nossa família"?

Roberto?

Meu Deus!

– Catarina, você está ocupada? – eu disse ao telefone, menos de um minuto depois.

– Oi, Blanda, tudo bom? Quanto tempo, menina. Estou no trabalho, mas pode falar. Você quer ligar no telefone fixo daqui?

– Não, tudo bem falar no celular. Aliás, se você puder ir para um lugar onde possa fazer cara de chocada, eu aconselho.

– O que houve?

– Lembra o Jaime? Da rua?

Claro que a Catarina ia se lembrar do Jaime. Ele era o melhor amigo de um cara por quem ela era apaixonada, o Roberto. E eu era apaixonada pelo melhor amigo do Roberto. Ele mesmo, o Jaime.

– O que tem o Jaime?

– Virou *gay*.

– Espera um pouco, vou ao banheiro – ela disse. Um minuto depois eu escuto a Catarina berrando: – Ahhhhhhhhhh!! O Jaiminho? Rá, rá, rá... Seu grande amor virou *gay*, Blanda? Quer dizer, ele sempre teve um jeito delicado, mas como é que eu poderia imaginar que ele iria assumir?

– Dê bastante risada, vai.

– Blandinha, pega leve. Isso foi há tantos anos... O tempo passa. Mas me diz uma coisa...

– Vou dizer, sim, mas quero que você escute antes de perguntar. Ele juntou as escovas de dente sabe com quem? Com o Roberto.

Por um instante, eu achei que ia matar a minha amiga. Porque ela estava casada e tudo mais, mas eu sempre soube que o Roberto era um fraco dela nunca superado. Eles ficaram algumas vezes, mas todos achávamos que ele era um galinha, queria todas, por isso nunca firmava compromisso com nenhuma. Na verdade, erramos o palpite. Erramos feio.

– Não pode ser... Ele e o Roberto... casaram?

– Se esse é o nome de uma união estável, sim, casaram. Vão mostrar o ninho de amor no fim de semana, se você quiser conhecer. Leva o seu marido e diz "Benhê, olha meu amor de adolescência. Você nem precisa ter ciúme, porque ele nunca vai querer nada comigo". – e dei risada. No começo, Catarina parecia brava, mas depois começou a rir também.

– Você bem que poderia apresentar o Jaime para o Max... Ele ia gostar de saber que não há concorrência com o moço bonito.

Acho que toda mulher precisa de um amigo *gay*, mas era diferente com o Jaime. Eu tinha gostado dele! Começou quando dançamos quadrilha juntos na escola, na quarta série. Ele segurou a minha mão, meu coração bateu forte e eu vi o quanto aqueles olhos cor de caramelo eram lindos. Ele estava com uma camisa xadrez, um chapéu de palha e exibia um coração colado na bunda da calça *jeans*. Eu estava com um vestido vermelho e azul de listras, com rendinha nos ombros e na gola, além de enormes trancinhas ruivas. Nunca me esqueço daquele dia nem de todas as nossas histórias com festas juninas.

Foi justamente em uma festa junina que eu dei o meu primeiro e único beijo no Jaime. Eu já tinha dezenove anos, foi logo depois do primeiro e fatídico beijo do advogado. A turma toda resolveu ir à festa do colégio onde estudamos quando criança. Passamos a tarde inteira lá, tomamos quentão, vinho quente, comemos pipoca, pamonha e curau. Demos risada e, quando quase todos já tinham ido embora, menos eu e a Tereza, Jaime me chamou a um canto de que me lembro bem: era o cantinho dos beijos quando éramos mais novos. Não falamos nada, nem conversamos. Ele me beijou e depois beijou de novo e de novo e de novo. Foi delicioso. Mas hoje eu imagino que ele deve ter feito aquilo ou para testar se sentia alguma coisa por mulher, ou porque estava bêbado de tanto quentão.

É estranho pensar que o amor da sua infância, aquele rapaz por quem você foi apaixonada tanto tempo, nas idas e vindas das crises de adolescência, aquele bonitão fofo que tinha um beijo bom e carinhoso, aquele cara... era *gay*. Um desperdício, porque ele dava de dez a zero em muito homem e eu nem ousava comparar suas qualidades às do Max.

O Jaime foi uma surpresa para mim, mas eu não poderia parar o meu dia. Havia muito a ser feito, as compras precisavam começar e as tintas, pincéis e telas aguardavam o meu talento (primeiro eu deveria procurá-lo). Expliquei para Catarina como descobri a notícia do ano e ela ficou de me ligar depois para combinarmos se iríamos ou não à festinha do Jaime e do Roberto. Para ser sincera, eu bem que queria ir.

13
VOCÊ VAI PAGAR POR ISSO

Eu precisava começar a semana. Jaime não saía da minha cabeça, mas era mais pelo susto do que qualquer sentimento. Aliás, não havia mais sentimento, apenas lembranças e uma tremenda curiosidade de ir à festa na casa da minha antiga paixão e do Roberto. Como o *vernissage* ficou marcado para uma semana, mas nem eu mesma sabia em qual dia seria, eu não poderia pensar em combinar nada antes de resolver essa pendenga profissional. Depois, quem sabe, matar a lombriga curiosa que habitava em mim.

Fiz uma lista de itens para comprar. Nem podia pensar em quanto gastaria, apenas lembrei que era necessário para eu trabalhar. Nem sabia se tinha talento, nunca ninguém realmente capacitado havia me dado uma opinião confiável, mas a minha sogra resolveu me dar uma oportunidade e apostar no meu taco. Se eu errasse, era capaz de ela cancelar o casamento. Será que ela só estava fazendo aquilo para poder se orgulhar de mim na frente de suas amigas?

Não queria nem saber como foi acontecer comigo, mas aconteceu. Eu precisava preparar uma exposição inteira em dias e pronto. Peguei a minha bolsa maior, aquela parecida com uma sacola de feira, e saí com a lista em punho.

O elevador estava quebrado, mas logo lembrei que havia escolhido aquele lugar porque era o mais barato e o único que eu poderia pagar. Talvez seja por isso que o elevador era uma porcaria. Fui a pé. Andei um quarteirão até o ponto de ônibus, cuja placa estava coberta por mato e desci no ponto do centro. Eu queria um carro e de brinde um motorista. Como não tinha dinheiro para o carro, fiquei só com o motorista – do coletivo.

O paraíso das lojas estava no centro. Fui à Tinta & Talento. Entrei, olhei de um lado para o outro e ninguém veio me atender. Comecei a pesquisar umas cores em uma prateleira de tintas, mas nenhuma atendente veio perguntar o que eu queria. Peguei algumas opções de cores e deixei no balcão para escolher melhor e pedir a opinião de alguém mais entendido – na teoria seria eu mesma, mas ninguém precisava saber desse detalhe. Uma atendente de cara feia chegou perto e disse "Vai levar?". Tive vontade de responder "Não, vou comer aqui mesmo", mas aquela não era uma boa maneira de começar a semana. Achei que a mal-educada também não poderia me ajudar e escolhi de acordo com o sexto sentido "minha mãe mandou levar este daqui" alguns pincéis, tintas e telas.

Saí carregada de sacolas. Fui mal atendida, mas em cidades não muito grandes a opção é pouca e, se eu quisesse ir a outra loja decente para comprar os mesmos materiais, teria que pegar outro ônibus e eu não estava muito a fim de circular por aí embaixo daquele sol. Mais uma quadra e lá estaria o ponto. De um lado da rua, estava eu com as sacolas, e na calçada do outro lado, avisto quem? Ele, o gerente do banco, o baterista lindo. Ele. Não podia acreditar. Eu não queria que ele me visse, não naquele estado, com aquela roupa de arrumar a casa e com sacolas na mão, sendo que, se ele se lembrasse de mim, teria duas opções de memória:

uma calcinha cor-de-rosa ou um laço vermelho com bolinhas brancas. Se eu resolvesse usar os dois juntos, seria um sucesso. Ou não.

Abri a bolsa e tirei de lá o meu guarda-chuva. Abri e coloquei na cara para tapar a minha visão. Não na cabeça, mas de lado. Assim ele, do outro lado da rua, não me veria. Mas no segundo seguinte eu escuto uma voz aguda e que gritava o meu nome.

– Blanda! Blandinha!

Fingi que não ouvi e mantive o escudo como proteção. Mas não escapei por muito tempo. Era a mamãe.

– Blandinha, o que você está fazendo atrás desse guarda-chuva?

Quando abaixei a sombrinha, vi mamãe do outro lado da rua acenando para mim, bem próxima a ele. Agora, além de me achar maluca e brega, ele conhecia o ser mais estranho da minha família, a minha mãe. Não sei por que, mas eu me preocupava com o que esse cara pensava de mim. Eu até imaginava como seria nossa primeira conversa de verdade, já que eu nem sabia o seu nome e só havíamos tido um contato no banco (que eu gostaria de esquecer). Para falar a verdade, eu achava melhor esquecer tudo, inclusive que ele existia. Mas não dava, eu não conseguia. Misteriosamente, não conseguia.

Assim que mamãe atravessou a rua, eu a puxei pelo braço e saí da vista do moço o mais rápido que pude. Não sei se ele me viu. Tudo bem, eu admito, ele me viu. Mas não vi bem a cara que ele fez, porque eu sumi antes disso. Minha mãe não entendeu o motivo de eu ter ficado com tanta raiva e ainda disse que eu estava vermelha. Devia ser vergonha, porque era só isso o que eu sentia naqueles dias.

Chegamos ao apartamento, mamãe abriu o armário de guloseimas e encontrou um pacote de biscoitos da Dona Cotinha. Enquanto eu abria as sacolas com as compras, ela começou a comer e falar de boca cheia:

— Shhhoquesssssvosscomprosss?
— Mamãe, engula primeiro!
— Nham, nham, o que, nham, você, nham, comprou?
— Eu detesto quando você fala de boca cheia, mãe. Puxa vida, você não me ensinou que devemos primeiro engolir a comida e depois falar?
— Ensinei?

Deixa pra lá. Falei por falar. Não me lembrava da minha mãe ter me ensinado nada disso. Eu me lembrava dela ter me mostrado como fazer as unhas aos quatro anos de idade, como passar batom e, se eu aprendesse por observação, certamente seria uma gastadora maluca, sem dinheiro e brega.

— Comprei umas coisinhas para um trabalho que vou fazer.
— Qual trabalho?
— Pintura. Mas antes que a senhora venha me dizer que isso não dá futuro, eu vou ganhar dinheiro, então não me amole. Se depender do meu diploma de Direito, eu morro de fome.
— Ah, Blanda, que mau humor, filha. Eu nem disse nada.
— Mas pensou, mamãe. E eu conheço a cara que a senhora faz quando pensa.

Abri a sacola. Esperava meus pincéis, minhas tintas, minhas telas e encontrei algo bem diferente. Duas agulhas de tricô, seis rolos de linha e dois de lã. Cores ridículas, eu diria. Se alguém pensava em fazer uma roupa daquele amarelo-ovo com aquele azul-piscina, eu pelo menos fiz uma boa ação: trouxe para casa aquela aberração. Mas eu teria que voltar à loja para devolver um material que não era meu, pegar aquilo pelo qual paguei, gastar mais duas conduções e ainda perder o meu precioso tempo.

— Nossa, filha, que bacana, você vai fazer tricô!

E ainda tinha que aguentar a mamãe.

— Não, mãe. Isso aqui não é meu.

– Então por que você trouxe pra casa?

– Mãe, dá um tempo pra eu pensar, por favor?

E voltei à loja com minha mãe. Procurei a atendente, que, com uma cara de quem não sabia de nada, disse que eu deveria ter notado antes e não poderia trocar o meu pedido. Como assim não poderia trocar se o erro foi dela? Chame a gerente! Agora!

– Vamos, menina, o que você está esperando? Chame a gerente.

– É a dona da loja.

– Pode ser essa aí.

E quando uma voz disse "Sou eu, qual o problema?", eu me virei e vi uma perua com um cachecol de tricô (provavelmente feito com a lã da loja dela), daquele tom amarelo-ovo que eu vi em casa e umas nuvens desenhadas com aquele azul-piscina. Não tive tempo para rir e expliquei o incidente com o pedido. "Deve ter acontecido algum problema e a minha sacola ficou com outra pessoa, enquanto o pedido de itens para tricô veio para mim." A dona da loja, alta, magérrima, com os cabelos vermelhos na altura do ombro e olhos verdes que eu desconfiei serem lentes de contato, pediu para ver a sacola e disse que iria conferir o pedido com o de outra cliente.

Quando eu achei que a situação tinha sido esclarecida, a entojada voltou com a sacola.

– Está faltando uma agulha.

– Como é? Eu não tirei nada daí. E para que iria querer uma agulha?

– É de prata – respondeu a dondoca.

– Agulha de prata? Eu nem sabia que isso existia. Não quero agulha de prata nem de ouro, quero só as compras que eu fiz. Já paguei, está tudo certo e você poderia entregar a minha sacola?

– Sinto muito, mas não posso enquanto você não devolver a agulha que está no pedido.

– Mas ela não está comigo.

— Você levou a sacola e voltou sem a agulha, então precisa pagar por ela.

— Você está dizendo que eu roubei uma agulha? É isso? — eu disse, ainda tentando manter a calma e com o maior respeito possível.

— Se você não roubou, onde está a agulha?

— Não sei.

— Então a culpa é sua, minha querida. E você precisa pagar por isso.

Naquele momento, várias pessoas olhavam para mim. As funcionárias da loja estavam cochichando e apontando na minha direção e até mesmo alguns desconhecidos na rua resolveram parar para ver o que estava acontecendo. Eu nunca havia me sentido tão humilhada em toda a minha vida.

— Eu não roubei nada. Não posso pagar por algo que não está comigo.

Mas a ruiva não respondeu. Ela me olhava com desprezo e os curiosos continuavam observando aquela cena.

— Você está me ouvindo? Eu não roubei nada. Nunca, em toda a minha vida, eu roubei. Você não pode me acusar de algo tão grave!

E ela continuava sem responder. Deu um meio sorriso, como quem diz que não adiantavam as minhas palavras, ou seja, eu teria que pagar pela agulha de prata. Aquele sorriso de Monalisa me deu uma raiva tão grande que eu comecei a falar mais alto.

— Eu não sei de agulha nenhuma — e quanto mais ela fazia cara de que eu sabia e levantava aquele queixo pontiagudo, a minha ira aumentava. — Eu-não-sei-de-agulha-nenhuma!!! — e quando notei, já estava gritando. Se existe um tipo de gente que me irrita é esse: gente que acha que é melhor do que os outros. Mamãe tentou me acalmar, mas eu podia notar que ela também estava nervosa.

Irritada, decidi ir embora. Não vi mais a dona da loja, não queria nenhum material daquele lugar e poderia fazer uma doação dos itens de tricô que vieram por engano. Peguei a sacola e saí. E naquele momento tudo piorou.

O alarme da loja disparou.

Eu levei a sacola errada, precisei voltar à loja, passei nervoso e de repente estava dentro de um estabelecimento comercial sendo acusada de um crime que não cometi. A ruiva reapareceu com um sorriso irônico e comecei a chorar. De ódio e de vergonha. Mais tarde pensaria em uma solução dentro da legislação para resolver aquele problema.

Olhei bem para a mulher – e aí tive certeza de que, sim, ela usava lente de contato colorida – e disse com uma voz fria e pausada:

– Olha aqui, dona... Eu vou pagar por essa agulha, mas vou pagar porque eu preciso voltar para casa e tudo o que eu não quero no momento é perder tempo na delegacia com uma pessoa como você, até porque se ficarmos juntas mais um instante... eu não sei o que serei capaz de fazer. Eu não peguei essa agulha e você vai pagar por ter me feito passar por ladra. Eu prometo que um dia ainda vamos nos olhar novamente e eu vou te provar como a justiça é feita.

Depois de entregar o cheque pela agulha que eu nunca vi, mamãe pegou o material de pintura, porque eu pretendia deixar na loja. Saí como se estivesse desfilando em uma passarela, as pessoas observaram e pareceram espantadas. A atendente não desgrudou os olhos de mim e todos estavam boquiabertos. Muito bem, eu encontraria um jeito de cumprir a minha promessa e o destino estava ao meu lado.

14
Sentimentos na tela

Naquele dia, eu só conseguia pensar no sorriso irônico daquela mulher. Não esqueci o rosto das pessoas me acusando sem nem mesmo saber o que tinha acontecido, então procurei me concentrar em algo bom. E só me veio o gerente do banco à cabeça. O baterista do bar. Aquele homem que eu não sabia como se chamava, mas me deixava com as pernas bambas. Eu me senti culpada, porque mesmo a situação sendo estranha, eu estava noiva. Apesar de Max não fazer minhas pernas tremerem, ele era um cara bacana e eu gostava dele. Gostava, sim, de um jeito que eu não sabia explicar, mas não deixava de gostar.

Mamãe já tinha ido para sua casa, ela disse para eu não esquecer a história da loja, porque aquela mulher deveria devolver o que eu paguei, mas eu nem estava pensando no dinheiro. Prometi pensar em justiça, mas esse assunto ficaria para depois. Primeiro eu tinha que preparar uma exposição em poucos dias.

Sem local especial para pintar, transformei a sala de jantar minúscula em meu ateliê. Pedi para Freddy não fazer nenhuma de suas obras nas minhas telas novinhas em folha e ele deve ter entendido, porque durante horas ficou quieto deitado em cima do meu sofá branco amarelado.

Eu parei de pintar às seis horas da manhã do dia seguinte. Foram momentos tão bons que me esqueci de tudo e nem ao menos lembrei que não tinha falado com Max. Pintei dois quadros e gostei dos dois.

O primeiro foi uma catarse. Coloquei na tela o sentimento da injustiça em pinceladas abstratas. Pensei no ocorrido, naquela ruiva me tratando como uma ladra, nas pessoas me julgando sem saber quem eu era, na humilhação, na falta de respeito e de justiça e pintei durante muito tempo. Em seguida, para amenizar o sentimento ruim, eu pintei a tranquilidade. Olhei para o meu gato e foi o que senti. E, como um sentimento bom é poderoso e muito melhor do que uma sensação ruim, eu vi o dia amanhecer e dormi tranquila, no sofá, ao lado do Freddy.

❦

Acordei na terça-feira poucas horas depois de ter me deitado naquele sofá, com a ligação do Max.

– Onde você estava ontem, Max? Nem me ligou...
– Mas você não me ligou também. Fiquei em casa, Blandinha.
– Tá bom, o que você quer?
– Você fica *sexy* quando está brava.
– Nem adianta tentar se desculpar com elogios desse tipo, Max. Quer vir almoçar em casa? Traga o almoço, então. Estou com vontade de comer comida chinesa e, se você se lembrar, traga também aqueles bolinhos doces maravilhosos de sobremesa. Mas chegue só depois das duas da tarde, porque preciso dormir. Tchau.

Max obedeceu. Faz sentido tratar o homem assim quando ele esquece que você existe. Eu também me esqueci de dar um telefonema para ele, mas foram horas importantes.

O meu noivo – estranho chamar Max de noivo – chegou na hora marcada e com um delicioso almoço. Ele trouxe três bolinhos doces, um de maçã, um de abacaxi e um de banana. Eu até estranhei tamanha generosidade, mas gostei. Olhou para os quadros que estavam secando e soltou um "Oh" que eu não identifiquei à qual emoção pertencia.

– Blandinha, você tem talento. Eu nunca pensei que você pudesse pintar uma tela tão bacana.

– Nem eu.

E demos risada. Aquela era a verdade, nem eu mesma sabia do que era capaz. Talvez precisasse prestar mais atenção em mim mesma e minhas potencialidades para descobrir que eu não era tão ruim em tudo como eu pensava. Devia ter qualidades, e pelo menos os dois quadros foram aprovados. Levei as telas para o quarto e coloquei-as em cima da cama para liberar espaço para o almoço.

Enquanto almoçávamos, Max me contou que a mãe dele tinha escolhido alguns locais para festa e que podíamos visitar. Eu expliquei que não poderia sair de casa nos próximos dias por causa do *vernissage* que ela mesma havia me arrumado. Pedi para adiarmos por uma semana, não faria a menor diferença, mas ele contou que um dos locais era muito requisitado e deveríamos ir naquela noite para acompanhar um casamento. Eu não me casaria em plena terça-feira.

A minha sogra não tinha noção do que era preparar uma exposição completa e me chamou para conhecer um espaço para casamentos no mesmo dia, sem me avisar antes. E eu, sendo uma cretina, obviamente topei ir.

Max esperou enquanto eu me arrumava e em poucos minutos estávamos saindo. Na descida das escadas, encontrei Dona Cotinha. Havia dias que eu não me encontrava com minha vizinha mais querida nos corredores. Ela só me disse: "Venha me ver mais tarde, por favor?" e eu balancei a cabeça como quem diz que sim e fui embora. Eu não conseguia negar um pedido dela nunca, a senhora mais doce que eu já conheci, tão doce quanto as guloseimas que prepara na cozinha.

Dona Cremilda nos esperava na porta da casa de festas, com um vestido tão bonito que poderia ser confundida com a mãe da noiva. O salão tinha uma escadaria para o segundo andar, onde o espaço era grande. Várias mesas com toalhas compridas brancas estavam decoradas com toalhas menores na cor verde. Os vasos da decoração acompanhavam o tom e lá na frente eu pude ver um quase altar montado, mas sem tapete para a noiva entrar, sem um espaço reservado para os padrinhos e com uma mesa minúscula no centro.

– Cadê o altar? – eu perguntei.

– Menos é mais, Blanda – respondeu a sogra.

Eu até posso concordar que não há necessidade de ostentação para que haja luxo, mas eu não estava falando disso. Eu queria um altar. Ali não tinha altar.

Fiquei com um pouco de raiva, porque todos passavam e cumprimentavam Dona Cremilda. E me senti constrangida de dizer que aquele salão não tinha nada a ver comigo, porque eu queria algo mais simples, de preferência no meio da natureza e com um altar. Nada de mais. Só que ela conseguiu para mim a oportunidade de expor os meus trabalhos e eu estava com vergonha de contrariar as vontades da sogra.

Foi quando, na metade de um segundo, em um tempo que não se pode medir ou prever, eu vi Dona Cremilda tropeçando em seu próprio vestido longo e caindo. Parece que assisti a tudo em câmera lenta. Ela rolou pela escadaria, as pessoas ao redor foram ajudar, eu segurei o riso e me senti mais uma vez culpada, mas estranhamente feliz. Ela caiu com as pernas para cima e pude ver nitidamente a sua calcinha de oncinha.

– Dona Cremilda, a senhora precisa de alguma coisa? Vou buscar uma água com açúcar – eu disse. Foi a deixa para ir até a cozinha. E lá eu dei risada. Ri por mais de um minuto sem parar e os garçons que estavam lá riram comigo, sem saber o motivo. Uma das cozinheiras entrou correndo e disse para todos ouvirem:

– Pessoal, uma senhora toda arrumada acabou de cair da escada. Coitada, ela caiu com as pernas para cima!

As pessoas olharam chocadas, mas eu, ainda rindo, não consegui evitar e disse:

– É... a minha sogra! – e caí na gargalhada de novo. Dona Cremilda era motivo de piada e não sabia.

O dia acabou por motivos óbvios. Eu me mostrei chateada no carro, enquanto voltava para o meu apartamento, mas a culpa ainda não tinha ido embora. Dona Cremilda perguntou o que eu tinha achado da casa de festas e eu disse, com sinceridade, que preferia um espaço ao ar livre, um contato maior com a natureza e sem extravagâncias. Ah, eu me lembrei do altar. Eu queria um altar. A sogra, que mesmo depois de cair estava impecavelmente arrumada, disse que providenciaria a visita a um novo local e eu agradeci. Foi quando ela lembrou que o salão, ou o espaço, como eu queria, era um presente dela para o nosso casamento e eu sorri envergonhada.

– Como vão os preparativos para o *vernissage*? – ela mudou de assunto.

– Muito bem, Dona Cremilda. Em que dia sua amiga pretende realizar a abertura da exposição?

– Sábado. Boa-noite e boa sorte, querida.

Antes de voltar para casa com sua mãe, Max me contou que foi despedido da loja em que trabalhava. Não me pareceu preocupado e não entendi o motivo de ter escondido uma informação tão importante durante todo o dia. Não questionei o motivo da demissão e os dois foram embora. Lembrei que Dona Cotinha tinha pedido para que eu lhe fizesse uma visita. Senti culpa mais uma vez no dia, mas não fui. Subi para o meu apartamento, sentei no sofá e comecei a rir, enquanto me lembrava da cena da escadaria. E segundos depois comecei a chorar. Realmente não é fácil me entender. Então procurei os pincéis e as tintas para um desabafo. Naquela noite, pintei mais um quadro com sentimento: o de culpa.

15
Acabou a água

Passei dias sem colocar o rosto para fora do apartamento, mas o esforço foi recompensado. Foram quinze quadros pintados, de tamanhos diversos e cada um representando um sentimento diferente. Eram meus próprios momentos, mas ninguém precisava saber disso e eu poderia muito bem dizer que foi um repente artístico, apenas uma criação baseada na ficção. No sábado eu estava com o corpo dolorido, uma ligeira dor de cabeça e a sensação de dever cumprido. Não dormi direito, acordei muito cedo e fui retocar umas telas e terminar as duas últimas. Quando Max chegou em casa já estava anoitecendo.

– Acho melhor você começar a se aprontar, Blanda. Sei que as mulheres perdem tempo para trocar de roupa.

– Não é perder tempo, é investir na produção de um visual bonito. Vou tomar banho e me visto em meia hora – eu disse, mas já prevendo que poderia gastar uns cinquenta minutos. Não estávamos atrasados, porque combinamos oito horas na butique, já que os convidados começariam a chegar oito e meia.

– Max... Ei, Max, venha aqui! Não consigo abrir o chuveiro!

Porém, o chuveiro estava aberto, mas nem dele, nem de nenhum outro lugar saía água. Liguei para a administração do prédio, mas a mocinha me disse que o problema seria resolvido em no máximo vinte e quatro horas. Como é? Eu não tinha nem quatro horas. O decadente sistema de abastecimento do prédio possuía uma bomba para levar água para a caixa e quando a bomba tinha problema não havia água. Eu pude constatar isso bem no dia do *vernissage*.

Não dava tempo de ir até a casa do Max e voltar, porque estávamos muito mais perto do local da exposição. Não sabia o que fazer e nem para um amigo do prédio poderia pedir ajuda. Para a mamãe, nem pensar. Era capaz de ela opinar na roupa e querer chegar comigo ao lugar, só para dizer a todos "Esta é a minha filha", mesmo que ela nunca tenha acreditado na minha arte. E eu precisava tomar banho. Estava suja de tinta, com o cabelo oleoso e nojento, me sentindo fedida e era capaz de deixar um rastro de odor enquanto caminhasse, ao contrário das propagandas de perfume, porque aí todos sentiriam a minha chegada e sairiam correndo.

Foi então que Max teve uma ideia. Como eu estava sem nenhuma, qualquer sugestão era bem-vinda.

– Vamos para um motel.

– O quê? Eu não vou para um motel agora! Max, eu preciso tomar banho para ir para a minha exposição. É minha, entende? Preciso estar lá na hora e, para isso, preciso tomar banho.

– Você vai tomar banho no motel. Não discuta comigo, porque não temos tempo para discutir – e então ele disse para eu pegar tudo o que era importante para eu me trocar e fomos ao bendito motel que ficava a duas quadras do prédio, o Chantilly.

Entramos com o carro e me lembrei de nunca ter estado ali. Não gosto de motéis, eu acho meio estranho saber que entro em um local para fazer o que todos sabem que se faz lá dentro, sendo que minutos antes outro casal pode ter estado no mesmo quarto pelo mesmo motivo e assim sucessivamente, sem eu ter certeza se ao menos o lençol da cama foi trocado. Descobri que sou neurótica.

– Blandinha, relaxe. Você só vai tomar banho aí. Não precisa nem tocar em nada, entre de chinelo e aí você fica feliz, mas toma banho.

Enquanto separava uma calça preta e uma blusa preta totalmente sem criatividade, dei uma olhada no quarto mais barato pelo qual havíamos pagado. A persiana era azul, com o tecido verde por cima. Não combinava, mas era engraçado. No chão, à beira da cama, um tapete de peixinhos. Parecia que eles queriam criar um clima de fundo do mar. O único detalhe que lembrava um motel era a cama redonda. Abri o sabonete e quando joguei o papel no lixo fiquei brava com Max.

– Você mal chegou e já sujou o lixo!

– Eu não sujei nada.

Abri a lata novamente e lá estava um monte de papel e outro tanto de cabelo. Nem toquei mais no assunto e entrei no banho. Sorte ter levado a minha toalha, porque, a julgar pelas manchas que eu vi nas que estavam sobre a cama, imagino que teria preferido me secar ao vento a usá-las. Max levou ao motel uma bacia – para encher com água e levar para o apartamento, caso fosse preciso na volta do *vernissage*. Era ridículo, mas uma boa ideia.

Quando entrei no carro novamente, não notei que Max tinha colocado um quadro no banco da frente para dar espaço para a bacia no banco de trás. A conclusão é que eu sentei encostada à tela. Quando chegamos à butique, vi o estrago na roupa preta. Ela estava toda colorida de tinta. Na tentativa de parecer moderna e sem tempo para trocar de roupa, eu fui assim mesmo, de cabeça erguida, porque quando a gente acha que é boa, todo mundo passa a achar.

Quando entrei no espaço, meu coração começou a pular e eu senti que poderia ter um treco. Eu nunca tinha feito um exame de coração. E se eu tivesse algum problema e não soubesse? Porque o órgão do amor pulava como um ensandecido dentro de mim, eu quase podia ouvi-lo em ritmo de escola de samba. Que medo. Um medo gigantesco de não ser aprovada, de ser criticada, de ser debochada. Mas se eu nunca tinha mostrado minha arte, o máximo que poderia acontecer é eu nunca mais expor de novo. O cenário nem era tão ruim, mas o medo é irracional.

Encontrei a sogra e sua amiga, a dona da butique.

— Blanda, adorei o seu visual, tão criativo e tão chique, um toque de arte na própria roupa, uma fusão das cores das pinceladas das telas para o figurino. Você é única.

A sogra parecia lunática, mas gostei. Passei a encarar a roupa como um acessório complementar à exposição. Dona Lilibeth, a amiga de Dona Cremilda, também me cumprimentou e deu os parabéns pela mostra. Ali estavam os meus quadros assinados, expostos, com uma iluminação direta para eles, enquanto as pessoas se serviam de canapés e champanhe. Chegamos pouco após o combinado, mas as pessoas não desconfiaram, afinal, nem sabiam quem eu era. Até quando uma moça chegou perto de mim, colocou uma luz na minha cara e começou a fazer perguntas. Pediu desculpas depois porque nem se apresentou, mas tudo bem, era da televisão, armação da minha mãe. Fiquei sabendo depois que ela entrou em contato com as emissoras da região, os jornais e até mesmo as rádios. Apareceram dois repórteres, a moça do canal universitário e um senhor do jornal da cidade.

No meio de tantas conversas, pessoas parando para ver os quadros de perto, umas fazendo careta e outras comentando o meu estilo e elogiando, recebi um telefonema da Teca para avisar que chegaria em poucos minutos, mas acrescentou que me raptaria no fim do evento para irmos à festa do Jaime e do Roberto. Não discuti, porque, no fundo, eu queria ir.

— Blanda, seus quadros já estão sendo vendidos. Quero dizer, uma pessoa está comprando a primeira obra neste momento. Não quer ir até lá e conversar com seus novos fãs? – disse Dona Cremilda. Ela estava se mostrando bastante interessada em tudo aquilo e eu fui. Havia uma mesa de mármore em um canto da loja, decorada e arrumada para a ocasião. Uma atendente recepcionava os interessados e procurava o preço da obra em um catálogo com os valores que eu havia passado por telefone. Pude ver um casal, de costas, olhando o quadro da culpa. Cheguei mais perto e me apresentei.

– Muito prazer, sou Blanda Reis. Obrigada pela presença neste... – mas antes de completar a frase, eles se viraram. E era ele, mais uma vez na minha vida, o gerente do banco, o baterista da banda, aquele homem que não saía do meu pensamento. A mais tenebrosa notícia da noite, porém, foi saber que ele não só estava acompanhado como estava com a mulher sem educação da loja de tintas. Aquela que acabou com a minha reputação agora estava querendo um quadro meu. Seria hilário se não fosse patético.

Pareceram longas horas até alguém falar. Ele estava com um olhar que eu não consegui decifrar, mas ela me fuzilou com suas pupilas dilatadas e aqueles olhos com maquiagem berrante. Para piorar a situação, ela fingiu que não me conhecia, deu um sorrisinho e me estendeu a mão.

– Prazer, eu sou a Manuela. Parabéns pelas obras – e se virou para o acompanhante. – Amor, vamos?

Ele abriu um pouco os lábios, como quem quer dizer alguma coisa, mas não disse. Balançou a cabeça como se tivesse se esquecido de algo, tirou o cheque da carteira, preencheu, entregou à moça do balcão e pediu para embrulhar a obra.

– Parabéns, seus quadros são lindos – ele disse e me estendeu a mão.

– Obrigada – respondi, dando a mão a ele. Não consegui dizer mais nada. Eu queria dizer algo como "Você é encantador, por favor, fique mais, não vá embora, sua namorada é a maior imbecil do planeta, largue essa cretina e me dê um beijo", alguma coisa parecida com isso ou bem menos, mas nada. Nem um "Volte sempre" eu consegui. Acho que eu sorri, devo ter dado um sorriso sem jeito, mas acho que sorri, e ele apertou a minha mão, eu pude sentir. Voltei a ter 12 anos. Estava com formigamento na barriga e, depois de tudo aquilo, ainda nem sabia o nome dele. Pedi à moça do atendimento para me mostrar o cheque do rapaz, como quem quer verificar a procedência de sua primeira venda e lá estava o nome dele. O homem que me viu de laço vermelho na cabeça, o mesmo de quem me escondi na rua com um guarda--chuva. Ele se chamava Bernardo.

16
Verdades e mentiras

Bernardo. Bernardo. Bernardo.
– Ei, você está dormindo?
Era o Max.
– Estava pensando. Acabei de vender um quadro e estava pensando nisso, na verdade. Na venda do quadro. Um quadro foi vendido, entende? E o moço acabou de levar a obra, ele estava acompanhado da namorada. Não sei se era namorada, mas ela o chamou de amor, então deve ser. Mas ela era a mulher lá da loja, aquela mulher que me fez passar vergonha na loja, eu não te contei? Como é que ele pode namorar uma pessoa tão sem educação? Não sei, mas ele levou o quadro, nem sei se é para dar de presente para ela...

Max me interrompeu, disse que não estava entendendo nada, parecia uma história confusa porque eu não havia contado nada sobre o vexame na loja e o fato de o rapaz ter comprado o quadro era o mais importante, já que nós não tínhamos nada a ver com a vida dele. Mas eu tinha. Sem saber como, eu tinha.

Teca chegou ao mesmo tempo em que eu vi meu pai entrando no salão. Eu não o via fazia muito tempo, talvez uns quatro ou cinco meses. São longos períodos desde a separação de minha mãe. Ele mantinha contato sempre. Eu não passava uma semana sem um telefonema e só tenho boas memórias de um pai carinhoso na infância. Mas a história da traição à minha mãe me fez sentir, de certa forma, mais apegada a ela desde quando eu soube. Na verdade, ele nunca tinha me contado a sua versão da história.

Naquele dia, o escândalo foi grande. Eu me lembro de ver a mamãe chorando e gritando e o papai dizendo que a separação era inevitável. Quando ele saiu, depois de me dar um beijo e dizer que sempre seria meu pai e nunca me abandonaria, minha mãe disse que estava sendo traída e por isso eles não iriam mais morar juntos. Meu pai nunca deixou de ir à nossa casa, de assistir às apresentações na escola, de telefonar e me buscar para passar o fim de semana na casa dele, mas eu cresci e passei a tomar minhas próprias decisões.

Já adolescente, o fato de eu saber sobre a traição se tornou um fardo, porque eu comecei a pensar mais no relacionamento entre as pessoas e fiz a terrível descoberta de que a traição é muito mais do que uma pessoa ficar com a outra, enganar, mentir e esconder. Trair era acabar com o respeito na relação, quebrar o pacto de amor, encerrar a história da pior maneira possível.

Não sabia com quem, nem quanto tempo, nada. A minha mãe dizia que preferia preservar o meu pai e eu deveria amá-lo, porque era um bom homem e fazia tudo por mim. Mas eu pensava que ele deveria ter vindo falar comigo para contar a história toda. Até sentia que ele me devia desculpas.

O meu relacionamento com ele mudou e eu sentia falta. Ele sempre gostou dos meus quadros, até o último que eu lhe dei, um gato com traços infantis, dias antes de ele sair de casa. Nunca mais fiz um quadro para o meu pai, mesmo sabendo que ele era um grande incentivador da minha carreira. Talvez o maior.

E lá estava ele, com um casaco marrom e um sorriso no rosto, apesar de eu não o ter convidado. Ele deve ter perguntado a alguém para descobrir a data e o horário da minha primeira aparição pública com minhas obras. E eu fiquei feliz por ele estar lá.

– Filha, que orgulho eu sinto de você!

E eu pude notar na sua expressão que era verdade. Nunca consegui aceitar muito bem o fato de ele ter contado mentiras, sendo que sempre o admirei pelas suas verdades. Ali, depois de um abraço apertado, notei que seus olhos estavam vermelhos e com lágrimas. De felicidade.

Eu me sinto mal por ser quem eu sou, às vezes. Mas acho que meu pai conseguiu transpor uma película quase invisível que nos distanciava. Aquele sorriso quebrou o gelo do meu coração e eu retribuí o abraço.

– Tio Clide, o senhor sempre emotivo, mas está cada dia mais jovem – disse Teca, que acabava de chegar.

Minha amiga gostava do meu pai desde pequena e ele a considerava como uma filha. Ela chegou a passar vários fins de semana comigo na casa do pai Euclides e fazíamos muitos passeios juntos. Algumas vezes a Catarina também ia e nesses dias a festa era ainda maior.

Com a chegada de Teca, o clima ficou mais leve. Eu disse ao papai para ficar à vontade, porque precisava conversar com as pessoas, tentar ser o mais simpática possível e ver se alguma outra venda tinha sido feita. E lá foi ele para perto dos quadros, quando vi que mamãe o encontrou, cumprimentou e seu rosto escureceu, como se tivesse passado do vermelho para o cinza na paleta de tintas. Só que ele não disse nada, apenas um discreto cumprimento, e seguiu para os quadros. O primeiro, do amor.

Quando olhei para a porta de entrada do salão, tive uma surpresa. E me peguei sentindo uma culpa cortante, daquelas que fazem o coração doer. Vi Dona Cotinha com seus passos curtos e demorados e uma bengala colorida que combinava com sua roupa. Nunca conheci outra pessoa que combinasse a cor da bengala, só ela. Dona Cotinha era uma mulher baixa, magra, com sorriso sincero e olhar cativante. Os cabelos brancos quase sempre estavam presos em um coque e ela costumava colocar uma flor para enfeitar o penteado. Naquele dia, estava reluzente de azul, com saia, blusa e um casaco de tom mais escuro. Maquiada, estava com óculos e os braços abertos. Ela os abriu assim que me viu, como fazia sempre que queria um abraço.

– Minha menina, que saudade! Esteve muito ocupada nestes últimos dias, não é mesmo? Mas não importa. Eu vim para o seu grande dia de artista, peguei carona com o Zezinho, aquele que mora no primeiro andar. Aliás, ele deve estar por aí com a esposa, porque quando contei sobre sua exposição ela também se empolgou para vir. Boa moça aquela. Mas me conte, minha querida, está feliz?

E só o que eu consegui fazer foi deixar uma lágrima cair. Dona Cotinha estava ali comigo mesmo eu tendo me esquecido de convidá-la, e sentia culpa justamente por isso, além de uma tristeza que eu nem conseguia explicar, mas ela sabia entender. Então preferi ficar em silêncio em um longo abraço.

– Eu vi seu pai, minha querida, e sei como deve se sentir. Posso lhe pedir algo, um pedido especial desta velha que te adora? – e depois de uma afirmação com a cabeça, ela continuou – Preste atenção ao que seu pai tem para falar, minha pequena. E perdoe, mesmo que este perdão seja dado a você mesma.

⁂

Teca não demorou a aparecer mais uma vez, depois de dar voltas pelo salão, fazer fofocas ao pé do meu ouvido e comer um pedaço de cada quitute que passava na sua frente em uma bandeja. O tempo voou, as pessoas pareciam ter gostado, cinco telas foram vendidas e muitos contatos feitos. Parece ter sido bom e era hora de ir a mais uma festa.

Por sugestão de Teca, acabei convidando papai para ir à comemoração de Jaime e Roberto, mas antes deixei bem claro qual seria o ambiente. Ele topou sem preconceitos e fomos os três juntos, depois de deixar mamãe conversando com a sogra no fim do *vernissage*. Max não quis ir à festa, mas não foi nenhuma novidade.

Teca soube da festa no dia anterior, quando Catarina decidiu não ir porque a sogra convidou ela e o marido para jantar em sua casa. Confirmou que estaria no *vernissage*, mas não foi. Senti falta da minha amiga.

O evento na casa de Jaime estava deslumbrante. Digno de capa de revista de celebridades, com muita gente bonita, casa de dois andares, lustre daqueles que até torcemos para que caia na nossa cabeça de tão chique. Encontrar o Jaime foi uma boa surpresa. Ele não era mais aquele que eu um dia achei que poderia gostar de mim. Ele estava mais bonito, mais cheiroso, mais bem arrumado e com um olhar de apaixonado para Roberto. Depois daquele "Oi, amiga" eu nunca mais iria enxergar o Jaime do mesmo jeito.

Teca, que tinha o sonho secreto de transformar um homossexual em um supermacho, não se demorou perto de nós e encontrou um par para dançar. Papai e eu ficamos no canto do segundo andar, de onde podíamos ver a turma dançando, as luzes piscando e a mesa de salgados, ali ao nosso lado.

– Parece que o senhor está gostando. Pelo menos a comida está incrível, não é?

– Está tudo ótimo, filha. Estar aqui com você é muito bom.

Ficamos em silêncio por longos minutos.

– Sua amiga Tereza me contou que você vai se casar.

– Acho que eu vou.

– Você não me parece muito animada – arriscou meu pai.

— Não é isso... É que ainda não tive tempo para pensar nos detalhes para o casamento. Max é um homem bom, gosta de mim e nosso relacionamento é bastante pé no chão — tentei me explicar.

— Você tem certeza do que está fazendo?

— Como assim?

— Se com muito amor, paixão e um pouco de fantasia o casamento já é difícil, imagine sem uma pitada de cada um desses ingredientes?

Pensei e não respondi. Fazia sentido, mas ao mesmo tempo era utópico.

— Desculpe se sou inconveniente, filha. Mas pense bem. É isso o que você quer para a sua vida? Como você pretende se casar sem o brilho no olhar de uma noiva? — e nesse momento papai foi interrompido por um garçom, que ofereceu champanhe.

— Pai, eu não sou mais criança.

— Por isso mesmo achei que deveria alertar você para o casamento. Eu estaria feliz se tivesse notado empolgação e alegria no seu sorriso, no seu jeito de falar, mas não percebi nem um detalhe de felicidade em você.

— Não é só porque o senhor não foi feliz no seu casamento e não amou minha mãe suficientemente que eu não posso ser feliz e ter alguém que me ame.

Escapou como uma flechada. Às vezes consigo ser estúpida, no momento seguinte me arrependo, mas nunca sei como consertar os meus erros. Devem ser muitos, recorrentes e quase sempre imperdoáveis.

— Eu amei sua mãe e esse amor foi tão grande que eu a poupei por muitos anos. Só que não posso passar a vida sendo o réu em um tribunal em que minha filha é a juíza e me condena. Não posso, Blanda.

Quieta, eu não disse nenhuma palavra e também não abaixei os olhos. Nós nos sentamos em uma poltrona, papai pegou na minha mão e me contou tudo. Uma história de anos foi narrada em minutos, com poucos detalhes, mas com informações suficientes para eu tirar minhas próprias conclusões. Depois de tantos anos tendo uma certeza, eu descobri uma verdade diferente. E tantas mentiras vieram à tona, acompanhadas por remorso, tristeza e confusão.

    A decisão de sair de casa foi tomada quando meu pai descobriu a traição de minha mãe. Ela inverteu a história e mesmo assim ele achou melhor não desmentir a ex-esposa, porque a filha morava com a mãe e ele não queria que a menina tivesse raiva. Ele quis me poupar. Eu era a menina, ele era o enganado e minha mãe... a minha mãe inventou tudo e eu acreditei.

    Em tantos anos, não dei valor ao meu pai, cheguei a me afastar dele e não tinha como reparar uma injustiça tão grande. Eu sabia que ele estava falando a verdade. Sem provas, sem documentos, eu tinha certeza da veracidade daquela história. Tudo estava, finalmente, esclarecido.

    Dizer "desculpa" era pouco, mas eu disse. E meu pai ainda falou que eu não era culpada de nada. Nós nos abraçamos e ele me fez dois pedidos.

    – Pense bem no que eu lhe disse sobre o casamento. E, por favor, nunca mais se afaste de mim, filha.

    O segundo pedido nem precisaria ter sido feito, eu só queria recuperar o tempo perdido. Sobre o casamento, porém, eu não podia prometer nada.

17
O QUE É CERTO

Passei o domingo em casa, bebi vinho demais e, como não estou acostumada, dormi boa parte do dia. O despertador estava desligado, mas o telefone tocou na segunda-feira e só podia ser o Max. Para ser bem sincera comigo mesma, eu não estava com vontade de falar com ninguém e isso incluía o Max. Só que ele me ligou empolgado porque a mãe dele pretendia visitar mais um espaço para casamento, já havia marcado hora e, embora não tenha convidado nenhum de nós dois para ir junto, ele ouviu e resolveu me contar.

– De qualquer forma, não posso ir, Max, tenho um compromisso.
– Com quem?
– Não é com quem, é com o quê.
– Você anda se relacionando com coisas?
– Estou caída no chão de tanto rir – ironizei.
– Levante-se, minha boneca, e me conte que coisa estranha é essa que vai tomar o seu tempo.
– Eu preciso fazer o que é certo. Você quer vir comigo para descobrir?

Mas ele não respondeu na hora. Gaguejou, pigarreou, disse "hum, hum" e eu logo percebi que ele não iria. Ele nunca me acompanhava e eu imaginava que o empecilho do meu namorado devia ser apenas um: preguiça.

– Tudo bem, Max, você não vai, mas também não vou contar o que farei durante todo o dia. Qual é a desculpa dessa vez?

– Não é desculpa, eu vou procurar trabalho.

– Então não é desculpa, é milagre.

– Você fala isso só porque eu não vou te acompanhar, né?

– Não. Boa sorte. Nos falamos mais tarde. Tchau, Max.

Assim, sem beijo, sem nada. Porque às vezes eu quem decidia não ser legal. Levantei da cama e deixei Freddy por lá, esticado em cima do edredom. Era dia de fazer o que era certo. A conversa com o meu pai me fez pensar em muitos pontos da minha vida, em quanto eu era negligente com meus sentimentos e com meus pensamentos. Percebi que dava mais valor ao que os outros me diziam do que àquilo que eu realmente pensava e sentia. E quem é a pessoa mais importante da minha vida? Sou eu. E eu merecia um pouco de respeito, poxa.

Tomei um copo de leite, ainda de pijamas, e depois troquei de roupa. Freddy largou a tranquilidade da cama e veio comigo até a saída. Quase pude escutá-lo dizer "Boa sorte, mamãe" quando ele soltou um miado antes de eu fechar a porta.

Eu tinha dois assuntos para resolver sozinha. Primeiro fui à casa de minha mãe. Não entrei com minha chave, mas toquei a campainha e lá estava ela, fazendo a sua maquiagem matinal. Elogiou a exposição, contou que conheceu algumas pessoas e disse, por fim, que os quadros eram bonitos e que devia finalmente admitir que eu era uma artista. Grande coisa para se admitir.

Não demorei. Disse que eu já sabia de tudo e que ela não precisava ter escondido de mim durante tantos anos que meu pai não era o homem ruim que eu pensava que fosse. Eu não tinha nada a ver com o problema deles, mas ela mentiu. E aquela mentira tinha sido tão bem plantada que virou verdade. Eu só fui à casa dela contar que eu sabia qual era a verdadeira história. Não queria mais ser enganada.

Antes de sair, eu disse para ela responder o que quisesse, mas ela não disse nada, então eu saí. Não tinha deixado de amar a minha mãe, apenas precisava de um tempo. Então fui resolver o meu segundo assunto.

Como havia decidido ser pintora e não tinha mais medo de ser advogada, entrei com duas ações contra a loja Tinta & Talento na Justiça Estadual. Um processo na vara cível por danos morais, já que aquela mal-educada me fez passar um vexame com plateia em sua loja e um processo criminal por calúnia, considerando que a tal Manuela me acusou de um crime que eu não cometi. O mais interessante é que a minha advogada seria eu mesma e eu estava disposta a ganhar por mim.

Quando voltava para casa, Max me telefonou no celular, que estava com a bateria fraca. A bateria de um celular deveria ser potente a ponto de não precisar ser carregada nunca. Quando acabasse, dali a uns cinco anos, mais ou menos, nós a jogaríamos fora e ela seria reciclada. Ainda não inventaram, mas um dia podem inventar. Hoje em dia inventam tudo.

— Ei, Blanda, minha mãe me disse que acertou o espaço do casamento.

— Como assim acertou o espaço para o *nosso* casamento?

— Não fique brava. Lembra que é presente dela?

— Mas nós nem vimos! Bom, deixa pra lá. Depois vamos lá conhecer o tal lugar. Você encontrou algum emprego? Visitou muitas empresas?

– Não encontrei. Amanhã continuo. Fui a uma empresa, mas o gerente não estava, fiquei com calor e cansado, aí voltei pra casa.

– Só uma empresa? E você chama isso de procurar emprego? Max, preciso desligar porque a bateria vai acabar. Passe em casa mais tarde – a bateria acabou e ele não foi.

18
SABOR DO AMOR

No dia seguinte, enquanto ainda estava na cama, tentando encontrar coragem para levantar, Teca telefonou para falar sobre a notícia no jornal da cidade. Havia uma foto minha estampada e de alguns de meus quadros. Na matéria, foi citado algo como "novo talento da região" e "mostra imperdível". Ganhei cinco estrelas e uma sensação de reconhecimento que experimentei pela primeira vez na vida.

Não passaram nem dez minutos e eu já estava pronta e em direção a uma banca de jornal. Comprei vinte e cinco exemplares. Tudo bem, eu não sabia o que fazer com tanto jornal, mas pensei em colocar moldura, enviar um para cada amigo e guardar para montar um álbum com meus trabalhos como pintora. Seria o primeiro, mas tudo começa de algum lugar.

Max ligou quando eu voltava para casa.

– Você viu o jornal de hoje, Max?

– Vi sim, por quê?

– A página de cultura, você viu?

– Vi, Blandinha. Parece que gostaram do seu trabalho. Legal.

Como assim, parece que gostaram do meu trabalho? Legal? Que ódio! Legal é a palavra mais imbecil do nosso vocabulário, porque não diz nada, não tem emoção e qualquer coisa pode ser legal. Um filme, um lugar, uma pessoa e até um prato de comida. Legal não é simpático, não é educado e não é gentil. Mas só o que o meu quase marido conseguia dizer sobre a minha primeira aparição pública era: "Legal".

– Mas eu liguei para falar sobre outro assunto, boneca.

– Fala.

– Você parece brava.

– Eu? Não, não estou. Muito pelo contrário, estou ótima.

– Agora você parece irônica.

– Imagine, querido. Qual é o assunto importante?

– Mamãe pagou a primeira parcela do nosso casamento e você precisa assinar o contrato. Posso deixar na portaria do seu prédio?

– Pode.

– Você quer almoçar comigo?

– Sinceramente? Acho melhor você continuar procurando trabalho.

– Não quero um trabalho, Blandinha. Quero um emprego, é bem diferente.

Eu senti nojo daquele comentário. Estava com uma vontade enorme de trabalhar, de descobrir a minha vocação, de passar o dia tendo tarefas úteis para fazer e ele diz que quer apenas um emprego? Algo como ganhar sem muito esforço? Ele deveria ter seguido na política, então.

– Preciso desligar.

– Qual o motivo?

– Nada importante. Preciso só relaxar antes de falar alguma besteira para você. E eu prefiro o silêncio a ser mal-educada – mesmo que eu tenha seguido um instinto de falta de educação e desligado o telefone em seguida. Eu avisei e ele mereceu.

Já em casa, resolvi ficar de pernas para o ar, deitada no sofá, por alguns minutos. Tentei não pensar em quantos minutos, porque tenho uma necessidade doentia de medir o tempo para tudo. Aí se acaba uma quantidade de minutos que eu considero razoavelmente boa, decido parar o que estava fazendo e pronto. Se for sentar no sofá também, deitar ainda mais, porque eu tenho a sensação de que a preguiça vai tomar conta de mim e nunca mais serei capaz de levantar. Então um bom despertador ao lado coloca tudo em ordem e eu posso relaxar, afinal ele vai tocar.

Mas eu nunca relaxava muito. Faltava algo na minha vida, ou tinha de sobra onde não sabia. Não conseguia sentir emoções ligadas ao casamento, mas tinha raiva do meu noivo em dias alternados, às vezes em todos, então voltava a pensar: "Por que eu vou me casar?".

Mas também: "Por que eu não me casaria?". Então, já que eu não sabia a resposta da primeira, eu ficava com a segunda pergunta, quase uma afirmação, sem sentido ou explicação, mas resolvia o meu problema. Afinal, por que não casar? Então casemos.

Só que Max nem deu valor à crítica dos meus quadros no jornal. Já cheguei a pensar que ele sequer gostava das minhas telas. Não sabia se podia me casar com quem não me apoiava e ainda fingia que gosta da minha arte. Será que quando eu casasse tudo iria piorar? *Se* eu casasse, é claro.

TRIM.

– Posso falar com a Blanda?

– Sou eu, quem é?

Pensei em dizer que não era. Quando eu não quero atender, eu mesma digo que não estou, que me chamo Filomena, não sei quando a Blanda volta e coisas do tipo. Mas naquele dia eu resolvi dizer que era eu mesma. Quase um ato de bondade.

– Bom dia. Sou produtor da TV10 e estou ligando para marcar o local e horário para o ônibus da emissora buscar a senhorita.

– Acho que você ligou errado.

– Blanda? Não, está certo. Sua ficha foi aprovada e você vai participar do programa *Madalena Show*.
– É trote?
– Uma amiga sua inscreveu o seu nome.
– Já sei. Ela se chama Tereza, né? – só podia ser a Teca.
– Isso mesmo. O ônibus vai buscá-la em frente ao Centro Cultural da cidade às sete horas da manhã de amanhã. Vamos ao estúdio da capital. Você irá participar do novo quadro "Sabor do amor" ao vivo, amanhã às três da tarde. Tenha um bom-dia, Blanda.

Do nada, ele desligou. Tudo bem, me deu bom-dia, mas desligou. E se eu não quisesse ir? Mas segundos depois, no telefone, Teca me convenceu de que era uma oportunidade única e o prêmio valia o sacrifício de acordar cedo e o mico de aparecer na televisão no programa da doida da Madalena.

– Blandinha, não perca essa chance. Vai ser bom para você. Olha, você só precisa fazer uma receita no palco e a melhor ganha o prêmio.
– Eu não sei cozinhar. Ou eles aceitam macarrão instantâneo?
– Invente, mas vá.

E eu fui, sem saber a surpresa que me aguardava.

19
AO VIVO

Antes de sair de casa, eu fui parada pelo porteiro para assinar um documento. Lembrei que Max havia me pedido o favor e assinei. Como advogada, morri de vergonha de mim mesma por não ter lido cada tópico do contrato, porque estava atrasada. Apenas vi que era referente ao aluguel do salão de festas e deixei minha assinatura no papel. "Depois eu converso com ele", pensei.

Cheguei ao lugar combinado, na hora marcada e com uma roupa discreta.

Enquanto estava no ônibus do canal de televisão, com mais cinco mulheres, um homem que devia ser da emissora e o motorista, eu pensava na receita escolhida para apresentar dali a poucas horas. No dia anterior, passei na casa de Dona Cotinha e contei toda a história.

Fui para a cozinha e aprendi a fazer os seus famosos biscoitos amanteigados. Nunca havia pensado que ela ensinaria a tão famosa receita a alguém. Foi divertido porque passamos algumas horas juntas, contamos histórias, relembramos fatos de nossa vida e eu pude perceber, mais uma vez, como adoro estar em companhia de pessoas mais velhas do que eu. Gente que tem história para contar, lições de vida, memórias incríveis.

Além da companhia agradável, ainda aprendi a fazer os biscoitos. Uma receita para apresentar em um quadro que eu não conhecia, porque era inédito, e em um programa que, para ser sincera, era de um gosto bastante duvidoso. Se eu não tinha nada a perder, então podia ser uma boa diversão, com direito a ganhar um prêmio no final. E desempregada como estava, qualquer prêmio era bem-vindo.

Olhei para as mulheres ao meu redor. Eu me lembrava de duas delas, mas não sabia de onde. De algum canto daquela cidade, em algum lugar, talvez eu as tivesse encontrado. Mas ninguém puxou papo ou parecia à vontade para conversar, então fiquei quieta e fingi prestar atenção na paisagem.

Chegamos à emissora depois de poucas horas de viagem. Puxa vida, eu estava em uma emissora de televisão. Nas vagas dos artistas no estacionamento, era possível ver estrelas com seus nomes. Na porta pela qual entramos, um segurança nos cumprimentou, enquanto um produtor nos chamou para um espaço em que poderíamos preparar os nossos pratos. Foi explicado que, apesar de as candidatas estarem separadas, tudo seria filmado, para garantir a autenticidade das receitas. Eu me empolguei dali em diante, porque sabia que nada poderia ser mais gostoso do que os biscoitinhos da Dona Cotinha. Eu só precisava seguir a receita.

Em uma cozinha bem mais bonita do que a minha, comecei a preparar o meu prato especial. Depois de duas horas, que era o tempo máximo para a receita ficar pronta, eu iria ao palco para apresentar a minha obra culinária com as demais candidatas. Pelo que entendi, o concurso era regional, porque as moças eram todas da minha cidade, mas eu não perguntei para não parecer chata.

Os biscoitos da Dona Cotinha ficaram deliciosos. Para enfeitar, ainda coloquei doce de leite cremoso em cima e confeitos coloridos. Em seguida fizeram minha maquiagem completa e ainda tive o meu cabelo arrumado. Tudo para aparecer na telinha. Liguei para o meu pai para avisar, assim ele seria a segunda pessoa a me ver na TV, além da verdadeira dona da receita. Não me deu a menor vontade de ligar para mamãe, e o meu noivo poderia saber depois, se eu ganhasse o prêmio, porque poderia ajudar no nosso casamento. Seria uma surpresa para ele.

– Você é a Blanda? – perguntou um dos produtores do programa.

– Aham – respondi com a cabeça. Então fui levada para uma antessala enquanto a minha receita foi por outra porta. Entrei no estúdio quando ouvi Madalena chamar os comerciais e me sentei em um pufe cor-de-rosa ao lado das demais concorrentes. Quando o programa voltou ao ar, a maluca da apresentadora já pediu um *close* em cada uma de nós. Senti vergonha.

– Muito beeeeeeem, meninas lindaaaaaaas – disse Madalena, com seus cabelos loiros quase brancos brilhando, forçando as vogais como se tivesse algum problema na voz (ou no cérebro). E cada uma com seu microfone respondia às perguntas feitas pela apresentadora. Ela queria saber nossa idade, profissão, gostos pessoais, menos o nome. Afinal, o *chef* de cozinha iria escolher nossa receita e não poderia ser influenciado pelo nome, caso conhecesse uma de nós. Foi o que ela disse, mas eu achava bem difícil um *chef* de cozinha me conhecer. Eu nunca nem entrei na cozinha de um restaurante.

– E você, moça linda dos olhos cor de bolinha de gude, como espera que a sua receita seja escolhida pelo nosso *chef*? O que ela tem de especial e o qual o ingrediente secreto para conquistar o paladar desse homem?

Sinceramente, nem sabia qual era o ingrediente especial. Talvez vontade de ganhar, só isso. A receita nem era minha, afinal. Mas eu não poderia dizer isso, apenas forcei um sorriso e depois respondi.

— Fiz o meu prato com muito carinho. Acho que tudo o que fazemos na vida precisa ser assim, não é? Quando queremos realizar algo, é só colocar uma pitada de amor e o resultado é positivo.

Pitada de amor? Fiz uma alusão à porção culinária com um sentimento? Como eu podia ser tão idiota em alguns momentos? O pior é que o público aplaudiu e disse: "Já ganhou, já ganhou". Aquelas pessoas nem me conheciam e estavam com faixas com meu nome. Eu não sei quem teve a ideia de colocar figurantes para me apoiar, mas eu não gostei nada daquilo. E quando assistimos aos programas de casa até acreditamos em tudo...

Depois de várias perguntas constrangedoras, era a hora de o *chef* experimentar os pratos das candidatas. Nós não estávamos vendo o homem, que estava do outro lado do palco, separado de nós por um cenário com fotos de doces, bolos e o *slogan* do quadro "Sabor do amor", com um brigadeiro dentro de um coração. E tem gente que ainda ganha para criar esses desenhos horrendos.

O tal do *chef* ia comentando as receitas do outro lado do palco. Uma das moças fez pão com calabresa, mas o moço disse algo como "eu sou vegetariano", o público riu, gritou algo como "cai fora" e eu achei um tremendo desrespeito com a candidata. Quando chegou o meu prato, ele disse: "São meus biscoitos preferidos". A apresentadora, então, soltou o comentário: "Você está um ponto na frente das colegas, minha lindaaaaaa".

Dali a poucos minutos, o resultado. O *chef* escolheu os meus biscoitos. Madalena disse que eu iria ganhar o prêmio... depois dos comerciais. Fiquei apreensiva, já imaginei um item para a cozinha, um curso de culinária ou até dinheiro, o que seria ainda melhor.

Colocaram uma venda nos meus olhos porque iriam levantar a parede que nos separava da outra metade do estúdio, onde estava o *chef* de cozinha com meus biscoitos. Meu coração pulava como se estivesse em uma maratona. Eu nunca havia ganhado nada na vida, nem concursos de rádio quando era adolescente. Houve um dia que eu liguei mais de cinquenta vezes para a emissora e deixei meu nome para ganhar um LP, mas o máximo que eu consegui foi uma bronca da minha mãe, que disse que eu gastava telefone com ligações inúteis, já que eu não ganharia nada. O pensamento negativo dela deve ter atrapalhado a minha sorte.

Mas lá estava eu, no palco, vencedora de um concurso. A parede móvel do palco levantou, eu pude ouvir, enquanto meus olhos estavam vendados. A apresentadora disse, então, para o tal homem que escolheu minha receita:

– Então, Mateus, você contrata a Blanda?

E ele disse "sim" no mesmo instante em que puxou a minha venda e tentou me beijar.

– Ei... O que você está fazendo? Você aprovou a minha receita e quer me beijar?

– Mateus, nosso *chef*, você está apressadinho... Blanda parece uma moça tímida, meu rapaz – disse Madalena, tentando consertar.

– Blanda, aqui está o seu prêmio, mas não deixe a timidez estragar este momento doooooce.

– Que momento? Que prêmio? – eu estava descontrolada, nervosa e só então eu entendi tudo. O prêmio era ele, o tal do Mateus.

– Eu não quero você como prêmio – eu disse sem pensar. A plateia me vaiou, foram uns dois minutos de vaia seguidos, enquanto Madalena tentava controlar as pessoas. Mateus ficou vermelho e reluzente como a cor de "pare" no semáforo. Cheguei a ter dó dele, mas então percebi que o moço não era *chef* de cozinha, que as meninas que estavam comigo procuravam um namorado e eu tinha sido a escolhida com uma receita feita para tentar ganhar um concurso que eu achava que era de culinária.

– Mateus, por favor, me desculpe – eu disse no microfone –, mas eu não posso ter nada com você. Obrigada por escolher a minha receita, mas eu não te escolho como meu *chef*, está bem assim?

Ele me abraçou, Madalena deu um sorriso e encerrou o quadro dizendo que para falar comigo ou com o Mateus era só entrar em contato com o telefone ou e-mail que apareciam na tela.

– Amanhã voltamos com mais um "Sabooooor do amooooor", pessoal – ao que a plateia soltou gritinhos com palmas e eu corri para o camarim.

Na volta, no mesmo ônibus e com as mesmas moças, eu pude ouvir comentários de que eu era uma boba de dispensar um homem como aquele, tão lindo, tão isso e tão aquilo. Todas éramos da mesma cidade, inclusive Mateus, que eu esperava, do fundo do meu desejo mais secreto, nunca encontrar novamente.

Só tinha me esquecido de um detalhe: muito mais gente do que eu pensava podia ter visto o programa ao vivo. Um programa para encontrar um namorado. Eu estava perdida. Afinal, eu já tinha um namorado.

20
E-mails e encomendas

Eu estava enganada sobre o fato de que algumas pessoas da minha cidade poderiam ter visto o programa ao vivo. *Todas* viram. Eu deveria pagar um prêmio para tentar achar quem não viu. A impressão era de que eu tinha ficado mais famosa do que o Pelé. Logo na entrada, Dona Cotinha me parou no corredor e eu expliquei brevemente o vexame, a mesma história resumida contada para papai quando ele me telefonou no celular um minuto depois. Quando vi o número da mamãe, não atendi.

Apesar de tudo o que aconteceu, Max não me ligou. Eu esperava uma ligação, então pensei que deveria ser um presente dos anjos: talvez ele nem tivesse visto o mico na TV.

Adormeci no sofá com Freddy, com o telefone sem fio na mão, que me acordou, como sempre, na manhã seguinte. Imaginei que poderia ser uma encomenda de quadros, depois da matéria que saiu no jornal, mas era a Tereza.

– Bom-dia, amiga!
– No seu caso, amiga da onça!

— Blandinha, você ficou brava com a história do programa? Eu achei que seria bom pra você. Sabe, não te vejo feliz com a história do casamento. Então pensei que você poderia se animar lá na emissora, conhecer rapazes legais e esquecer um pouco essa loucura.

— Você falou como o meu pai.

— Pois é o que penso. Eu estava brincando até agora, mas você está falando sério, não é, Blanda? Vou falar também. Você se casa com quem quiser, mas você não é mulher para o Max, é muito melhor do que ele faz você acreditar que é.

— E o que você sabe sobre casamentos, Tereza? Você nem tem namorado, tem medo de namorar, chuta os homens mais interessantes por medo de se apaixonar e agora você quer me ensinar quem é a pessoa certa para casar comigo? – eu disse, já arrependida da primeira palavra depois de completar a última.

— Eu gosto de você, mas não sei se você gosta de si mesma.

Então Teca desligou o telefone. Eu a chamei pelo nome inteiro e isso acontecia raras vezes. Eu fui maldosa, como só eu sei ser. E, apesar de arrependida, o meu orgulho não deixou que eu telefonasse em seguida para pedir desculpas. Ela não deveria ter me inscrito no programa, mas eu não tinha o direito de falar com ela daquela maneira. Um erro nunca justifica outro.

O telefone não me deixou pensar nem mais um minuto na bobagem que eu tinha feito, porque nas duas horas seguintes eu tentei explicar para as pessoas o ocorrido no programa. Eram colegas da época de faculdade, vizinhos da minha mãe, amigos e até um não-sei-quem-era que conseguiu meu telefone com outra pessoa que eu também desconhecia.

Quando me conectei à internet, o susto foi ainda maior. No meu *e-mail* recebi catorze mensagens de homens da cidade que gostariam de se corresponder comigo. O pior era notar os erros de português nas cartas virtuais. Uma delas eu nem cheguei a abrir, quando no "assunto" o sujeito escreveu "moça" com SS e "cidade" com Ç. Eu até encaro um erro ou outro, mas começar uma palavra com cedilha deveria ser motivo para cadeia. Eu já imagino uma cela lotada de assassinos da língua portuguesa.

Uma mensagem era até bonitinha, mas o rapaz me pareceu um maníaco. Eu nunca poderia sair com alguém que parece um maníaco, já que os próprios maníacos conseguem disfarçar sua condição. Lá pelo quarto ou quinto *e-mail* eu já estava dando risada daquela situação ridícula. Um homem me propôs casa, comida e roupa lavada, desde que eu fizesse tudo. Outro escreveu baixarias, como se estivesse em um bate-papo pornô e teve até quem me pedisse em casamento. Como alguém faz um pedido assim sem nem ao menos saber se eu tenho mau hálito ou se durmo de meias?

Apaguei as mensagens e Max me ligou.

– Oi, Blanda. Que papo é esse de que você foi procurar namorado na televisão?

– Quem te contou?

– Ninguém me contou, eu vi – disse Max, numa mentira gigante.

– Você não viu nada, Max. Se tivesse assistido ao programa, teria visto a minha cara de surpresa no final, porque achava que aquilo era um concurso de culinária e não de namoro na televisão. Além do mais, para o seu conhecimento, eu neguei o pedido do moço.

– Uau, você negou o pedido? Que bom.

– Viu como você não assistiu?

– As amigas da minha mãe disseram que te viram no programa daquela Madalena maluca e você foi a escolhida para namorar um tal *chef* de cozinha.

– Pois é. Tem quem me queira. Mas eu fiquei tão surpresa quanto as amigas da sua mãe, porque a Teca fez a maluquice de me inscrever sem o meu conhecimento. Vamos esquecer essa história?

– Desde que você venha em casa para irmos juntos conhecer o local onde celebraremos o nosso casamento. Mamãe me disse que é lindo.

— Max, hoje eu não posso.

— Você nunca pode, Blandinha.

— Você deveria procurar um emprego. Como vamos nos sustentar depois de casados se eu não tenho um tostão no bolso e você só tem porque pede para seu pai?

— Você não acha importante visitarmos o lugar do casamento? Eu acho mais importante do que tudo.

Não tive resposta, porque não soube identificar se aquilo era ou não mais uma de suas mentiras.

— Max, pode ser outro dia? Eu vou, mas hoje não posso, preciso resolver umas coisinhas.

Ele ficou em silêncio. Aquele silêncio em que a pessoa do outro lado espera que você complete algo. Mesmo que seja, como acabou sendo o caso, com uma mentirinha.

— Tenho uma encomenda de dois quadros para entregar essa semana, Max. Acabaram de me ligar pela manhã e eu aceitei. Você sabe, precisamos de dinheiro, é o meu atual trabalho e depois de eu acabar, podemos ir ao local da festa. O que você acha?

— Claro, Blandinha, é seu trabalho. Vamos lá outro dia. Passo mais tarde na sua casa para te dar um beijo, está bem? Boa sorte com as telas e as tintas. Te amo.

Na verdade, não sei se ele disse "te amo" ou "tchau" que, quando ditas rapidamente, podem parecer a mesma coisa. Max não era de falar sobre os sentimentos, mas eu preferi acreditar que naquele momento ele foi romântico. Só que quando ele passasse em casa, não haveria telas encomendadas. A minha angústia por ter mentido cresceu e, quando ia explodir, o telefone tocou. Desta vez, para me salvar.

— Gostaria de fazer uma encomenda de dois quadros com a Blanda. É você? — disse a senhora do outro lado da linha. Parecia que a sorte havia sorrido pra mim.

21
Novas Tintas

Antes de começar a mexer com as tintas para a encomenda, eu pretendia lidar com outra tinta: de cabelo. Era novata, de cabelo virgem, intocado e puro, uma raridade no universo feminino.

Estava cansada do meu cabelo castanho-claro-quase-liso-quase-enrolado.

Mentira.

Eu queria era me disfarçar para sair na rua depois do episódio da televisão e de ninguém ter acreditado quando eu disse que eu não sabia que o programa era para encontrar um namorado. Além da vergonha, ainda passei por mentirosa.

Aquele era o dia da coragem, a hora de mudar o meu visual. Gosto de tudo o que é natural. Da cor que nasceu, do jeito que é, não importa como, isso é o mais bonito na minha opinião. Eu não queria parecer igual a todas as outras mulheres, que enrolam o cabelo quando está na moda e alisam quando outra moda surge. Eu lavo o meu cabelo e deixo secar ao sol, não uso secador nem pente e saio na rua desse jeito mesmo. Nas entrevistas de emprego pelo menos eu usava o pente. Posso deixar solto ou prender, mas fazer escova, chapinha ou usar aquelas peças horrendas de plástico para encaracolar os meus fios? Nem pensar.

Só que chega um dia na vida em que nós sempre fazemos aquilo que dissemos que nunca faríamos, algo como uma vingança da palavra contra nós mesmas. E nem era uma ditadura da beleza, só uma tentativa de acabar com a minha vergonha de sair em público, nem que para isso eu tivesse que pintar o cabelo.

Primeiro passo: escolher a cor. O meu cabelo não era nem claro nem escuro, então imaginei que qualquer cor poderia ficar bem em mim. Pensei em um tom de loiro e decidi não sair de casa para comprar a tintura, porque certamente as pessoas da farmácia teriam visto o programa, como toda a cidade. Telefonei para uma do centro, com entrega rápida.

– Vocês fazem entrega? É que eu estou com uma dor de cabeça...

Prestativo, o atendente adivinhou o nome do remédio que eu queria, em seguida fiz o pedido de uma cartela e, despretensiosamente, como se tivesse me lembrado naquele momento de algo sem importância, eu disse:

– Puxa, quase ia me esquecendo. Minha irmã pediu uma tintura de cabelo, mas não sei qual marca ela usa. Você pode me mandar uma boa marca e o tom de loiro mais bonito que você tiver?

Em duas frases, eu menti duas vezes. Não estava com dor de cabeça e não tinha nenhuma irmã. Se eu considerar que não sabia qual marca de tintura usar, o time da mentira vencia por três a um. O rapaz da farmácia sugeriu uma marca em promoção e garantiu que era uma das melhores do mercado. Não prestei atenção no nome, porque o meu cérebro pensava se eu iria pagar com cheque ou dinheiro, mas o atendente me convenceu. E em meia hora estava tudo comigo. Paguei o entregador e lhe dei umas moedas de gorjeta.

Quando abri a sacola da farmácia, fiquei chocada com a foto da Madalena no pacote da tintura para cabelo. O idiota do atendente me mandou uma marca vagabunda de tintura e disse que era boa só porque a doida da apresentadora estava na embalagem.

Freddy me olhava como quem diz "Se deu mal".

Abri o pacote e li as instruções. A Madalena era uma escandalosa, por isso o cabelo dela era tão feio. Mas em mim poderia ficar bonito. Se eu não arriscasse, nunca saberia. E antes não tivesse feito essa bobagem.

Eu fiquei tão feia quanto a apresentadora. Já tinha escutado histórias de que depois de um tempo aquela cor clara demais iria melhorar, mas eu não sabia, porque nunca tinha pintado os meus fios. Com o desastre da primeira pintura, ainda me olhando no espelho, liguei para a farmácia novamente.

– É... Boa tarde... Eu queria pedir uma tintura para cabelo... Vocês entregam?

Com a resposta "sim", pedi a marca mais cara (mesmo sem saber qual era) e de um tom diferente, porque com aquele cabelo eu não ia ficar de jeito nenhum. Quando o entregador me viu, o mesmo da primeira entrega, soltou uma risada de canto de boca.

– Ah, é você?

– Algum problema, moleque? – peguei a sacola, fechei a porta e esqueci a gorjeta de propósito.

No mesmo dia em que meu cabelo viu tintura pela primeira vez, ele veria pela segunda.

Pintei, lavei, sequei, e preparei uma surpresa para mim mesma. Eu devia estar linda, eu queria me sentir uma deusa e ter coragem de sair pelas ruas sem ser reconhecida e, quem sabe, até receber elogios. Max tocou a campainha, mas entrou em seguida com a sua chave. Nem eu mesma tinha me olhado no espelho, mas fui recebê-lo, com a cabeleira solta.

– Blanda... Você está... está...

Eu sabia. Bonita, uma princesa, uma artista...

– ... horrorosa! – ele completou, deixando o meu queixo cair.

Toda mulher deveria aprender, antes mesmo de entrar na escola, que utilizar tintura vermelha em cabelo loiro produz um resultado incrível. E lá estava eu, ao lado de um namorado insensível e, o pior de tudo, com o cabelo laranja.

22
Linda, eu?

O meu namorado riu de mim. Eu podia estar feia, mas ele tinha a obrigação de me dar apoio moral. E ele fez exatamente o contrário, porque me colocou no chão, com comentários sem a menor graça – pra mim, porque ele riu sozinho durante vários minutos.

Eu não quis conversar, porque o clima não estava propício para falarmos de casamento. Ele foi embora logo em seguida e eu descontei a minha raiva no coitado do Freddy. Pintei o seu rabo com a tinta vermelha do meu cabelo. Procurei as telas, tintas e pincéis e comecei a produzir os quadros para aquela senhora que, aliás, morava na cidade vizinha e tinha ouvido falar de mim pelo filho. Um bom sinal para os negócios – que estavam só no começo.

Uma das telas eu fiz na madrugada.

Antes de dormir, lavei o cabelo mais uma vez, mas o espelho denunciou o laranja ainda berrante. Não tive dúvidas: recorri à tesoura, que me ajudou a deixá-lo na altura dos ombros. Olhei para Freddy sentado em uma cadeira da mesa de jantar, lambendo o próprio rabo vermelho. Fui dormir mais feliz.

Acordei com a campainha. Era Dona Cotinha, e eu tive uma vontade enorme de abraçá-la depois que me disse "Olá, minha querida". Foram poucas as vezes em que Dona Cotinha foi em casa, mas eu sentia como se ela pudesse entrar a qualquer momento e sem pedir licença.

Eu percebi que ela viu meu cabelo laranja, mas não comentou nada. Perguntei se queria café, coloquei água na cafeteira e minha vizinha me perguntou por que eu tinha o olhar tão triste. Assim, diretamente. Não falou sobre o programa – eu tinha certeza que ela havia assistido –, não perguntou sobre a receita ou o motivo de eu estar com o cabelo laranja. Ela só quis saber por que meu olhar estava triste.

– Imagine, Dona Cotinha, eu estou ótima. Ontem mesmo recebi a encomenda de dois quadros, a senhora acredita?

Ela manteve o silêncio e eu comecei a chorar. Eu sou uma estúpida. Contei tudo.

Puxa vida, meu cabelo estava horroroso, o meu namorado não queria procurar um emprego e queria casar mesmo assim, eu não falava mais com a minha mãe e deixei de falar até mesmo com a Teca. Tudo estava errado na minha vida. Sem contar que tinha entrado com um processo contra a dona da loja de tintas que, por coincidência, era a namorada do tal do Bernardo, o moço de quem eu não sabia nada e em quem pensava o dia inteiro.

– Blanda querida – disse Dona Cotinha com a voz doce como a de uma fada de desenho animado –, tudo vai se acertar. Quando a vida parece estar com os caminhos tortos, de uma hora para a outra percebemos que nós estávamos caminhando pelo lugar errado. Aí descobrimos a estrada certa e tudo fica mais fácil, mais divertido e mais feliz. Posso pedir um favor? Voltamos a falar nesse assunto outro dia. Primeiro pense se esse orgulho serve para alguma coisa – e eu senti como se uma agulha de tricô tivesse perfurado meu coração, de tamanha vergonha. De repente Dona

Cotinha mudou de assunto: – Blanda, eu não posso sair de casa hoje, mas preciso pagar uma conta. Você faz isso por mim?

Aquele me pareceu o pedido mais fácil que alguém já havia me feito. Até me esqueci, por um segundo, do meu cabelo laranja.

O problema maior foi quando descobri o banco aonde eu deveria ir. Eu não poderia, de jeito nenhum, deixar que Bernardo me visse daquele jeito. Tentei encontrar uma desculpa em segundos para Dona Cotinha, logo em seguida me arrependi de tamanho egoísmo e tentei adiar o pagamento, até que eu pudesse dar um jeito no meu cabelo, mas a conta vencia naquele dia e eu precisaria sair do apartamento. Ainda bem, porque eu não imaginava como seria bom me sentir ridícula.

※

Não dava para entrar no banco de jeito nenhum. Não dava. O Bernardo lá dentro e eu lá fora, essa era a melhor configuração. Só que o banco, antes da porta giratória, possuía apenas um caixa eletrônico para o pagamento de contas. Eu poderia esperar a tarde inteira se fosse necessário, mas não daria. Ele estava quebrado.

Foi então que eu pensei.

"Ora, Blanda, você é uma mulher comprometida, está noiva, vai se casar e não quer nada com esse homem. Pouco importa se ele te vir de cabelo laranja, porque você não liga para a opinião dele." Repeti as duas frases mentalmente, até eu acreditar na parte em que eu não me importava com o que ele iria pensar. Não consegui.

– Oi, Blanda – uma voz interrompeu o meu pensamento, logo depois de eu entrar pela porta giratória, desta vez sem ser barrada.

Eu me virei em câmera lenta. Todo o banco ficou em câmera lenta, em silêncio, dentro da minha cabeça. Então eu o vi ali, bem na minha frente.

— Oi... Bernardo! – eu disse o nome sem fingir que não sabia. – O que você está fazendo aqui? – eu emendei.

— Bom, eu trabalho aqui – ele disse, com um sorriso de quem quer dizer "Onde você está com os pensamentos, mocinha?".

Rimos.

Rimos juntos e eu olhei para aquele sorriso, então concentrei a atenção nos olhos e percebi que ele era ainda mais bonito do que eu pensava.

— Você pintou o cabelo, né? Está linda.

Eu me senti feia de repente, como se ele estivesse com dó de mim.

— Sei... Linda, eu? De cabelo laranja?

— Você ficaria linda com qualquer cor de cabelo.

— Obrigada. Você é gentil – eu disse, quando na verdade queria dizer "um gato".

— Gostei dos seus quadros. Eu queria conhecer melhor seu trabalho.

Naquele momento, um dos funcionários do banco passou entre nós dois correndo, com uma pilha de papéis na mão e mordendo os lábios. Uns três passos adiante, virou para Bernardo e disse que "aquele problema ainda não foi resolvido. Você poderia vir até a minha mesa?". Bernardo confirmou com a cabeça, mexeu as mãos, mostrou o relógio para dizer "Me dê uns minutinhos" e continuou a falar comigo como se ninguém tivesse nos interrompido.

— Então, eu gostaria mesmo de conhecer mais do seu trabalho.

— Você não acreditaria se eu dissesse que estou começando este trabalho agora, não é?

— Se você disser, eu acredito. Nem por isso deixo de gostar dos seus quadros. Vamos conversar um pouco mais em algum lugar menos movimentado e que não seja nem o meu trabalho nem o seu? Eu digo... Quer sair hoje à noite para comer uma pizza? Ou tomar um drinque? Que tal uma comida japonesa? Ou sei lá... O que você gosta de comer?

Eu iria a qualquer lugar com ele. Mas tudo aquilo era insano. Pensar em aceitar um convite daquele homem era tomar a atitude mais sem caráter da minha vida inteira, porque eu estaria enganando a ele – já que ele não sabia que eu era noiva – e a Max, que fez muita coisa errada, mas era meu noivo. Além de enganar a bruxa da namorada do Bernardo, que eu detestava mesmo sem conhecer direito, mas que era a namorada dele. E começar qualquer relacionamento desse jeito, na minha opinião, não é certo.

– Max... Quer dizer, Bernardo... – o meu pensamento estava tão confuso e o meu coração se sentia culpado de tal forma que a minha boca não conseguia soltar uma frase com lógica. – Bernardo... Desculpe, mas não posso aceitar. Eu adoro pizza, e comida japonesa é a minha preferida, mas eu não posso sair com você. Só acho que um banco movimentado não é o melhor lugar para falar os motivos da minha negação. Quem sabe outro dia, numa outra hora e em outro lugar, não é?

– Em breve? – ele arriscou.

– Quem sabe – eu terminei a conversa. Paguei a conta e saí do banco. Pensava na possibilidade de não trocar a tinta do cabelo, porque me sentia bonita. Ele conseguiu me fazer sentir bonita em cinco minutos de conversa e mesmo assim eu neguei o convite para sair com ele. Só que, mesmo sem saber como, eu tinha certeza de que encontraria o Bernardo mais uma vez e poderia conversar com ele. Precisava descobrir como lidar com esse sentimento que não deveria existir.

Peguei o celular e me lembrei do número da segunda posição. Achei melhor começar a conversa como se tudo estivesse bem e resolver as pendências olhando no olho, como deveria ser todo diálogo entre duas pessoas que brigam, mas que se amam. TU, TU, TU... Ocupado. Cinco minutos depois, ainda na rua, de volta pra casa, eu consegui completar a ligação e mudar o meu trajeto.

– Oi, mãe, sou eu. Você ainda tem aquela tintura que usou uma vez e eu adorei? Se não se importar, poderia me ajudar a passar no meu cabelo?

Ao desligar o telefone, fui direto à casa onde morei por mais de vinte anos.

23
Televisão? Não!

Antes de chegar à casa de minha mãe, eu já tinha em mente que não queria brigar. O meu orgulho me dizia que era ela quem deveria ter me procurado, mas ela sabia que, se fosse a primeira a agir, eu a trataria mal. Hoje eu sei que não devemos dizer nada com a cabeça quente, porque podemos nos arrepender. Eu já me arrependi e talvez esse seja o primeiro passo para eu pedir desculpas, embora uma palavra dita nunca seja esquecida. Eu sei disso.

Mamãe me recebeu na porta.

Ali, naquele momento, eu não senti raiva pelas mentiras de toda uma vida. Ela era relapsa, enganou meu pai, mas, ainda assim, eu acreditava no seu amor de mãe. Nunca duvidei de que me amasse e quisesse o meu bem, mesmo que tenha procurado realizar suas tarefas de maneira que eu reprovava. Mas eu havia errado tanto em menos de uma semana que não tinha o direito de julgar minha mãe.

Mesmo depois das minhas ofensas no último encontro, ela me abraçou. Ali na porta mesmo, com as pessoas passando na calçada, ela me deu o abraço mais apertado e verdadeiro de que eu pude me lembrar. E senti que as lágrimas fizeram fila nos olhos, querendo escorrer, uma a uma, e cair no ombro da minha mãe.

– Mãe, me desculpa...

– Você estava certa na nossa última conversa. Eu quem preciso me desculpar...

– Estamos ambas desculpadas? – eu perguntei.

– Você nunca precisaria pedir – ela completou. E foi aí que eu notei que seus olhos também estavam vermelhos. Entramos abraçadas.

୧୨

Mamãe é a rainha de todos os produtos de beleza, uma verdadeira manequim ambulante, daquela que desde manhã pode ser vista com os olhos cheios de maquiagem. Na pia do banheiro, havia milagres prometidos em tubos para os olhos, o rosto inteiro, o pescoço e até mesmo as orelhas. Nunca vi alguém usar creme em orelhas.

– Se você não cuida das orelhas, sabe o que acontece? Sai na rua sem a proteção adequada e depois de alguns dias parece um coelho branco, com as orelhas cor-de-rosa. Você não quer ficar igual a um coelho, não é? – disse mamãe, animada com a sessão de beleza que eu mesma havia pedido.

Experimentamos cremes e maquiagens enquanto eu esperava a tinta que ela tinha passado no meu cabelo fazer o milagre da transformação. Logo que cheguei pedi para ela sumir com aquele laranja que lembrava cor de peruca de palhaço. Mamãe estava contente e parecia animada, embora suas olheiras fossem marcas evidentes de como havia passado seus últimos dias.

Ela ainda tentou explicar o ocorrido com o papai durante tantos anos, mas eu interrompi. Chegou a dizer que era fraca, que ficou confusa, que sabia que tinha agido errado e que ainda pagava por todos os erros. Segurei a força dos sentimentos para não ter dó. Pedi, então, para aquele assunto ser apagado das nossas vidas. Pedi também para que, a partir dali, nunca mais existisse nenhuma mentira entre nós.

E assim foi combinado.

Mamãe tentou me convencer de que poderíamos ser mais produtivas e ir ao mercado enquanto esperávamos o efeito da tinta no cabelo. Tentou a primeira vez e eu neguei, assim como na segunda. Na terceira, ela me perguntou se eu já tinha almoçado, mesmo já sendo tarde, e eu respondi que não. E então fez uma chantagem e disse que, se eu fosse ao mercado com ela comprar os ingredientes, iria preparar os bolinhos de salsicha que eu adorava. Uma batalha injusta.

Resolvemos ir ao mercado mais próximo, aquele menor, de esquina, com pouca gente. Longe de grandes redes. Coloquei na cabeça um lenço que mamãe havia me emprestado, com grandes flores azuis. Algo bem típico de seu vestuário.

Enquanto mamãe procurava os ingredientes de que precisava para fazer os bolinhos – um dos únicos pratos que eu me lembro de ela fazer pra mim quando criança –, eu fui à ala dos chocolates. Procurava uma barra gigante para nós duas dividirmos após o almoço tardio e, enquanto escolhia se levava chocolate com amendoim ou sem (ou quem sabe os dois), uma voz me chamou.

Eu não conhecia a garota, mas perguntei se era comigo que queria falar. Foi quando notei que parei ao lado de uma barraca de chocolate. Pelo o que pude perceber, de chocolate quente. A marca estava escrita em letras enormes e na cor do produto na própria barraca. Uma xícara de chocolate quente estava ao lado, em foto de dar água na boca.

– Você quer provar o novo produto da Chocomaxbom? – a moça perguntou.

Para ser sincera, eu sempre tive medo dessas moças de barraca de promoção. Elas querem nos empurrar delícias para experimentar, mas com o único propósito de vender o produto logo em seguida.

Eu me lembro de quando ia com Teca ao mercado, quando éramos adolescentes, porque ela costumava aceitar todas as amostras grátis, mas não levava nenhum produto depois. Ela dizia que era direito de consumidora e eu morria de vergonha.

Mas o que poderia haver de mal em provar chocolate quente em um copinho de plástico minúsculo?

Olhei para os lados, mamãe não estava. Resolvi experimentar sozinha.

Acho que dei um sorriso. Fico sem graça quando as pessoas me oferecem algo, mesmo sabendo que tudo aquilo faz parte de uma estratégia de *marketing* ou algum plano da empresa. Eu quase me sinto obrigada a comprar o produto depois. De fato, já cheguei a levar para casa um vestido que achei ridículo, porque fiquei com vergonha de não levar nada depois de ter experimentado sete peças em uma loja. Isso porque a vendedora foi bacana. Quando sou maltratada, não volto nunca mais e ainda faço propaganda negativa.

Mesmo que eu me sentisse compelida a comprar o produto depois de provar, eu deveria admitir, não seria nada mal. Era apenas um pote de chocolate em pó.

Eu vi que a moça olhou para o meu lenço e acho que tentou descobrir o que estava por baixo dele.

– Nem tente adivinhar o que eu fiz com o meu cabelo. Estou tentando consertar – disse com um sorriso de canto de boca, quase fazendo um biquinho e ao mesmo tempo apontei o dedo indicador para uma máquina de onde saía o líquido precioso. – Acho que vou experimentar, tudo bem? – eu perguntei.

Achei estranho o modo como a moça me atendeu – ela me pareceu falsa. Colocou o copo de plástico embaixo de um bico da máquina e, enquanto o chocolate saía, ela me olhou sorrindo, como se estivesse participando de um comercial de televisão. E me serviu o chocolate quente da mesma forma, com um sorriso que mostrava o seu canino superior esquerdo acima dos outros, como uma vampira de um dente só.

Eu adoro chocolate quente. Na verdade, chocolate é bom em qualquer hora do dia, principalmente quando a autoestima está baixa. Há várias pesquisas pelo mundo afora que mostram que o chocolate é responsável pela liberação do mesmo hormônio do sexo. Algo parecido com isso. Naqueles dias, eu preferia chocolate a qualquer contato com o Max. E, ali, na minha mão, eu tinha um copo de chocolate quente.

O problema foi que um segundo depois de beber eu cuspi seu conteúdo na barraca. Meu arremesso quase atingiu a moça de dente torto.

– Isso aqui é horrível! Esse chocolate tem gosto de sebo!

Ainda sem saber como reagir diante daquele gosto, eu fui sincera mais uma vez.

– Parece que eu comi uma vela! – eu disse, mesmo sem saber o que aquilo significava. Eu estava com gosto de vela na boca.

Foi então que ouvi uma voz masculina gritar "Corta". A moça de canino torto olhou para baixo e um rapaz apareceu de trás de uma gôndola, gritando com a coitada da atendente e perguntando o que estava acontecendo. E então mais uma mulher apareceu, berrando que foi ela quem mandou gravar sem avisar a cliente (eu imaginava, àquela altura, que a cliente era eu) para a cena ficar mais realista. O rapaz, que devia ser uma espécie de diretor, disse que qualquer decisão deveria ser consultada antes e lembrou que era ele quem mandava ali. Ainda perguntou, em tom de ameaça, para a moça de óculos que tentava se justificar e era interrompida: "Como vamos explicar o que foi ao vivo no ar?".

No ar? Como assim, no ar?

– Ei, moço, o que você quer dizer com "no ar"?

– Não interessa.

– Seu mal-educado, é claro que interessa. Você quer dizer que colocou uma imagem minha na televisão sem pedir a minha permissão?

Televisão, não. De novo, não. Eu só podia estar pagando todos os pecados por pensar tanto em Bernardo. Aquilo parecia uma praga da Dona Cremilda, a minha sogra.

Nessa hora, com os berros, mamãe apareceu e eu expliquei a situação. Disse que tinham me servido um chocolate quente nojento, eu fui sincera e disse isso à menina da barraca. E de repente, o homem na minha frente tentava me explicar que a propaganda pareceria muito mais natural se eu não soubesse que estava sendo filmada, mas eu ganharia um cachê depois. Um dinheiro que eu não sabia quanto seria, porque não aceitaria de qualquer forma.

Mamãe disse para todos no mercado ouvirem que eu era advogada e quase pude ouvir algumas risadas. Provavelmente nunca tinham visto uma advogada com um lenço como aquele na cabeça. Dona Amaralina, então, ameaçou um processo por uso indevido da imagem, mas eu a interrompi e só perguntei se eu podia ir embora. O homem que parecia mandar em todos quis ter certeza de que eu não faria nada contra a empresa.

– Não farei nada contra vocês. O chocolate é ruim demais, mas não quero que percam o emprego. Até porque eu já me acostumei a aparecer na televisão – olhei para mamãe, que sorriu. Juntas, saímos do mercado com as compras para o delicioso bolinho que eu comeria mais tarde, depois de ver o meu novo cabelo.

Eu me sentia bem novamente. O bolinho estava delicioso, o papo com a mamãe foi ótimo e eu não me cansava de me olhar no espelho que ficava ao lado da mesa de jantar. Gostava dos meus novos cabelos pretos.

24
Frio na barriga

Na noite em que me reconciliei com minha mãe, consegui pintar o último quadro da encomenda. Os dois ficaram lindos, juntos, como duas peças que se completam. Foi quando pensei se pessoas também eram assim. Seria possível encontrar alguém para nos completar, uma parte de que sentimos falta desde que nascemos, mas que só conseguimos entender quando nos tornamos adultos? Eu já tinha me convencido a conviver com a falta, a apenas aceitar alguém que poderia me ajudar a ser feliz. Completar era demais para os meus sonhos.

Coloquei os dois quadros na parede. Ali, eles pareciam ainda mais belos, e eu não tive medo de assumir que pintava bem. Sem modéstia, mas sem arrogância. Um pensamento realista, mas confortador, de que eu era capaz de fazer algo útil, bom e que poderia transmitir beleza às pessoas.

Ao me sentar no sofá branco ao lado de Freddy, olhei para a parede, agora mais alegre com os quadros. Eu estava vazia por dentro, mas com uma certeza de que tudo iria melhorar. Mamãe estava ao meu lado, depois de anos o meu pai também, eu tinha o carinho de Dona Cotinha e, por mais que a minha situação me mostrasse o contrário, eu acreditava que em pouco tempo estaria radiante. Só não sabia como chegar lá, era como se estivesse em um caminho de olhos vendados, deixando o destino decidir, já que nem sempre é fácil fazer as escolhas corretas.

A minha cliente perguntou pelos quadros e eu lhe disse que podia vir buscá-los, embora ainda estivessem com a tinta fresca. Ela não se importava e disse que uma pessoa os buscaria para ela no dia seguinte. Combinamos pagamento e eu fiquei feliz porque poderia quitar as dívidas com o aluguel e condomínio. Por isso que tanta gente sonha com casa própria. Pagar para morar é muito chato.

Deitei ali mesmo e Freddy se enroscou em minha barriga. Pensei em levar o gato ao veterinário no dia seguinte, para tomar a vacina anual contra a raiva antes mesmo de vencer o prazo e para perguntar o que eu deveria fazer com aquele rabo colorido. Apesar da minha culpa, acho que meu companheiro peludo nem se incomodou com seu novo visual.

Com a barriga cheia de comida da mamãe, eu dormi.

Sonhei que entrava na igreja com um vestido roxo de mangas bufantes. Na barra, estrelas prateadas, iguais àquelas do arranjo de cabelo, ainda laranja. O véu cobria o meu rosto e eu me via de cima, como um diretor de filme. Carregava um buquê de brócolis com uma fita roxa da cor do vestido. Entrava sozinha na igreja vazia e, quando chegava ao altar, lá estava um homem sem rosto, com um ponto de interrogação no lugar do nariz. Na posição do padre estava Max, sem sorrir, com as sobrancelhas coladas uma na outra e um olhar de reprovação. Só havia uma madrinha: Manuela, a namorada de Bernardo, a arrogante dona da loja de tintas. E ela estava com um vestido de noiva branco.

Acordei assustada, como se fosse madrugada e aquele tivesse sido meu único sonho durante toda a noite. É como se ele tivesse repetido várias e várias vezes, mas eu nunca descobria o rosto do noivo misterioso. A cada vez que entrava na igreja, ouvia risadas vindo do altar. Quando percebi, já era de manhã, eu estava com a mesma roupa da noite anterior e Freddy dormia em uma das cadeiras da mesa de jantar. Os quadros permaneciam na parede, como os tinha deixado, reluzentes com a fresta da luz do sol que entrava pela janela.

A agenda mental do dia mostrava horas corridas.

Primeiro eu receberia a minha cliente e o meu dinheiro, depois iria procurar a Teca. Não poderia suportar mais aquela situação. E então, como o dia era de soluções, eu iria à casa de Max para conhecermos o local escolhido por sua mãe para o casamento. Temi por ele não ter um altar como eu queria e voltei a pensar no sonho.

Tomei banho, lavei o cabelo e sequei. Parecia a Branca de Neve, com as madeixas mais curtas e negras. Gostei da mudança, não podia negar que mamãe entendia de tintura de cabelo muito mais do que eu.

Como iria ao salão de festas, optei por uma roupa mais arrumada, mas não tão formal quanto um terninho, aposentado há um bom tempo, desde que a carreira de advogada cedeu lugar à pintura. Optei por um vestido lilás, brincos da mesma cor e sandálias brancas, para combinar com uma bolsa que encontrei perdida atrás das roupas no armário.

A campainha tocou no exato momento em que eu havia acabado de passar uma leve maquiagem. Deveria ser a minha cliente.

– Dona Justina, seja bem-vinda – eu disse logo após abrir a porta. Mas tive uma surpresa ao ver quem estava lá.

– O quê... Você... Mas... O que você está fazendo aqui? – eu disse, sem pensar.

– Se você não quiser que eu entre, eu vou embora.

– Não é isso o que eu quis dizer... É que... Eu não esperava você aqui.

– Acho que esperava, sim.
– Não, eu não esperava, não.
– Vim buscar os quadros da encomenda.
Então fiquei sem saber o que pensar e o que responder.
– Justina é a minha mãe – replicou Bernardo.
Pedi para ele entrar. Fechei a porta, perguntei se aceitava uma água, um refrigerante, um suco e mais algumas bebidas que, na verdade, nem existiam em casa. Sorte a minha ele ter aceitado somente um copo de água – "sem gelo, por favor, eu não posso descuidar da voz", ele disse, fazendo que eu me lembrasse de sua performance no dia em que fui embora do bar antes que Bernardo pudesse conversar comigo. Foi então que percebi que eu fugia dele há muito tempo. Apontei para os quadros com uma mão e entreguei o copo de água com a outra.
– Lindo.
– Obrigada. Gostou dos dois?
– Estou falando do seu cabelo – ele respondeu.
Demos risada. Fiquei em silêncio.
– Blanda, eu disse que você ficaria bonita com qualquer cor de cabelo, mas está parecendo um camaleão. Se bem que eu gosto muito de camaleões, sabia?
– Obrigada. É que eu não gostei nadinha daquele cabelo laranja. Acho que você foi a única pessoa que gostou, na verdade. Mas e sobre os quadros? Era isso o que sua mãe queria? – eu perguntei, em uma tentativa de tirar o foco de mim mesma.
– Os quadros são incríveis. Você é uma artista e tanto – ele disse. E o silêncio tomou conta da sala, do apartamento, de todo o prédio. Estar na companhia de Bernardo me deixava com as pernas bambas. Eu percebi que mordia os lábios de nervosismo, tentava desviar o olhar do dele, mas em certo momento nossos olhos ficaram grudados. Só o que eu podia ver era ele, que me olhava de volta.

— Eu sei que já te convidei para sair antes e você negou, mas o que acha de um novo convite?

— Ainda está muito cedo para comer pizza, você não acha? — eu perguntei, em tom de brincadeira e lembrando que ele já havia proposto irmos a uma pizzaria.

— Logo será hora do almoço. Podemos ir a um restaurante japonês.

Eu fiquei em silêncio. Não tinha mais nenhuma desculpa.

— Até que você tenha uma resposta para o meu pedido, podemos conversar sobre assuntos profissionais? — ele perguntou, para tentar me convencer a ficar mais um pouco em casa. Afinal, ele era um cliente. Eu devia me convencer de que ele era apenas um cliente.

Bernardo notou a presença de Freddy, porque o gato logo veio cheirar os seus pés. Em dois segundos, lá estava o bichano fazendo carinho nas pernas de um homem que nunca tinha visto na vida.

Quando Bernardo pediu um portfólio, eu disse que as únicas obras feitas até então eram as da exposição e ele conhecia todas. Então contei sobre a minha trajetória como advogada malsucedida e pintora em início de carreira. Não tive coragem de contar sobre o processo que tinha aberto contra sua namorada.

Ele me contou sobre o seu trabalho no banco e sua verdadeira paixão, a música. Conversamos sobre nossos estilos musicais preferidos e em pouco tempo já havíamos contado histórias de família, da infância e da adolescência. Descobrimos que estudamos na mesma escola nos primeiros anos da alfabetização, embora ele estivesse dois anos na minha frente. Tivemos a mesma professora da primeira série e depois de alguns anos a família dele se mudou para a cidade vizinha, a poucos quilômetros de onde eu morava, por causa do trabalho do pai.

Encontramos semelhanças e diferenças em nossas histórias. Falamos de nossos amigos e sonhos e, sem que percebêssemos, estávamos conversando havia três horas. Contei sobre minha mãe e nossa reconciliação por causa de uma tinta de cabelo. Não só naquele momento, mas em outros, eu me senti completamente à vontade para falar e ouvir. Para opinar e rir. Para ficar em silêncio como apoio. Não fingi nenhum sentimento, como muitas pessoas fazem quando encontram uma pessoa especial e conversam com ela pela primeira vez a sós sobre os fatos mais importantes da vida.

– Blanda, eu fui sincero quando disse que você estava linda de cabelo laranja. E agora, e antes também, quando te vi na televisão.

– Que vergonha... Você me viu na televisão, naquele programa da Madalena?

– Mamãe grava aqueles programas, você acredita? Se ela sai de casa, ela grava no videocassete para assistir depois. A minha mãe ainda tem um videocassete. Você conhece mais alguém que tenha essa relíquia em casa? Fui visitá-la à noite e você estava no televisor dela. Linda, como sempre. Desde o primeiro dia que te vi, lá no banco.

– O-obrigada – eu disse, gaguejando, com um frio na barriga.

Bernardo não disse mais nada. Aproximou-se de mim no sofá, colocou a mão direita no meu rosto e eu fechei os olhos, sentindo seu toque macio. Passou a mão pelo meu cabelo, pela bochecha e então colocou a mão esquerda no meu rosto também. Abri os olhos e suas mãos me seguravam como uma moldura. Eu sabia que estava tremendo, mas não fiz nada, sequer tentei impedir. Eu não devia deixar que ele fosse adiante, mas permiti que meu coração falasse alto e escondesse a razão, para que eu pudesse agir de acordo com uma vontade, mesmo que descabida.

Bernardo se aproximou mais e encostou os seus lábios nos meus. E então eu tive o beijo mais lindo de toda a minha vida.

– Bernardo, eu não posso fazer isso. Eu tenho namorado. Na verdade, eu sou noiva. Não sei se eu quero me casar, mas estou noiva. Está tudo errado, me desculpe – eu disse, depois que nos beijamos. Fiquei em pé e quase pedi que ele saísse da minha casa. Foi então que ele confessou que também tinha uma namorada e que só aguardava um momento importante da vida dela para poder terminar o relacionamento.

– Blanda, eu quero ficar com você.

– Olha, eu posso parecer careta, mas não vai dar. Não agora. Você tem uma namorada que, aliás, eu detesto, e eu sou noiva. Não podemos. Por isso tenho que negar o pedido para ir ao restaurante japonês com você hoje, mas podemos nos encontrar depois, quando formos livres.

– Preciso de um tempo – ele disse.

– Eu também – e pensei em tudo o que iria passar nos próximos dias, em todas as situações e dificuldades. Não sabia que iria querer o abraço dele muito antes disso e só o encontraria novamente em uma situação bastante constrangedora. Eu não sabia, só tinha a certeza de que nos veríamos de novo. Até lá, eu precisava resolver a minha vida.

– Blanda, você é a mulher mais linda que eu já conheci – Bernardo disse, antes de ir embora. Em seguida, me deu um beijo na testa e desceu as escadas. Eu ainda o espiei indo embora pela janela. Quando ele se tornou apenas um pontinho, ao longe, eu tive a certeza de que eu poderia ter alguém que me completava, como os quadros que ele tinha levado para a mãe.

25
Detetives

Antes mesmo de pensar em ligar para a Teca, como se tivesse adivinhado o meu sentimento e presenciado a cena com o Bernardo, ela me telefonou. Disse que tinha algo urgente para me contar. Agradeci mentalmente o fato de ela ter sido a primeira a ligar e a convidei para almoçar em casa. Enquanto esperava, olhei para a parede que agora estava vazia.

Pouco antes de a campainha tocar, o som veio do telefone. Mais encomendas.

Teca chegou em casa sem saber como agir. Eu sabia que estava errada, por isso pedi que entrasse e, assim que fechei a porta, dei um abraço na minha amiga e pedi desculpas.

– Posso te dizer uma coisa? Eu não posso viver sem sua amizade, Teca.

E ela riu, mas ao mesmo tempo chorou. Era por tudo isso que a minha amiga sempre foi a mais querida da turma. Era a menina linda e amada. Porque Teca é uma caixa de surpresas boas, está sempre ao lado quando uma pessoa precisa e não tem medo de mostrar os sentimentos.

— Eu não consigo viver sem sua chatice, Blandinha – ela me disse, já prevendo um ataque de almofadas logo em seguida, porque colocou as mãos sobre o rosto. – E você ficou linda de cabelos pretos! – ela elogiou.

Fiz macarrão para o almoço, mas pensei na comida japonesa que Bernardo propôs. Mesmo antes de saber o que Tereza tinha de importante para contar, eu precisei desabafar: "Estou apaixonada". Notei sua cara de desapontamento. Quando contei, com vergonha e culpa, que não era pelo Max, ela abriu um sorriso. Então lembrei em voz alta o que havia acontecido no meu apartamento, as palavras de Bernardo e o que senti.

Para minha surpresa, Teca estava contente pelo fato de tudo aquilo ter acontecido comigo. Pediu para eu acreditar em sua amizade e disse que não gostaria de estar em uma situação tão difícil, mas iria se arrepender se escondesse um segredo tão sério de mim.

— Preciso te contar uma coisa, Blanda, mas antes quero que me desculpe – ela disse.

— Como eu vou te desculpar se eu nem sei o que é, Teca? Tá bom, eu desculpo. Você fez alguma coisa?

— Não. Mas irei te contar e me sinto mal por isso – ela tentou explicar.

Depois de mais umas garfadas no macarrão, ela empurrou o prato e falou de uma só vez: "Eu vi o Max com outra mulher".

Não sei o motivo, mas não fiquei triste. Não duvidei de sua palavra, confiei que aquela fosse a verdade, só que não consegui ter outra reação a não ser especular sobre a suposta amante. Minha amiga contou como tudo aconteceu.

À noite, em um restaurante de uma cidade próxima, mas não tão próxima assim, no fundo do estabelecimento e em uma mesa ao lado da janela, Max estava sentado de mãos dadas com uma pessoa. A mulher parecia alegre, do outro lado da mesa, falante e muito bem arrumada. Teca foi à cidade com uma vizinha que conheceu um rapaz pela internet, mas ficou com receio de viajar sozinha. No fim da noite, e após um encontro frustrado, foram jantar antes de voltar para casa. Quando Teca viu Max no restaurante, ficou escondida no banheiro e logo deu um jeito de ir embora com a amiga, sem que o casal as visse.

– Você sabia disso antes do programa? – eu questionei.
– Sabia. Queria que você conhecesse outro homem. Faz alguns dias que eu estou confusa, porque não sabia como contar tudo isso, mas agora ficou mais fácil, depois de saber que você está apaixonada por aquele baterista da Banda Zoom.
– Só que eu ainda sou noiva do Max, Teca.
– Eu sei, me desculpe. Como está se sentindo?
– Sinceramente? Bem. Estou ótima – e estava falando a verdade.
– Blanda... Tem mais um detalhe.
– Qual?
– A mulher está grávida.

Eu não podia me sentir mal por um sujeito que tinha engravidado outra mulher. Claro, porque ele não estaria com ela se o pai da criança fosse outro. Não bastasse o Max nunca ter sido presente, descobri que suas ausências tinham endereço, nome e telefone, além de um barrigão. Mesmo assim, eu não merecia me sentir mal, porque não tinha feito nada errado.

Teca contou que a mulher devia ter uns quinze anos a mais do que eu. Primeiro, fiquei feliz, porque poderia me sentir linda perto de uma mulher mais velha, caso a encontrasse. Em seguida, pensei sobre o que teria feito Max se envolver com uma mulher mais velha do que ele. Poderia ser amor. Poderia.

Decidi, então, bancar a detetive com Teca. Não era suficiente terminar o noivado, porque eu ainda seria tachada de aproveitadora. Claro, com certeza eu gostaria de me casar com ele para morar na casa linda da minha sogra. E como seus parentes poderiam acreditar nesse absurdo, eu resolvi que sairia por cima e ainda seria a vítima. Eu não era, afinal?

Cheguei a pensar que a mulher poderia não saber da minha existência. É verdade, mas, se eu pensasse sempre na felicidade de outra pessoa antes de mim, eu ficaria no último lugar da lista. Eu não merecia. Ter aparecido na televisão duas vezes me deu cara de pau suficiente para ser atriz por um dia. Teca topou na hora ser detetive particular para mim. O seu pagamento seria eu desmanchar o noivado.

Eu não tinha mais compromissos naquele dia. Encontrar a Teca era um deles e a minha amiga estava ao meu lado. Conhecer o local do casamento não fazia mais sentido, porque não haveria mais casamento. Decidimos voltar à cidade onde Max foi visto com a tal mulher. Eram cinquenta minutos de carro. Teca foi dirigindo e, antes mesmo de entrar na estrada, mudou o caminho de volta para o centro e me explicou o seu plano. A estratégia era boa, a cidade era pequena e eu não tinha vergonha de fingir ser outra pessoa que, aliás, nem existe de verdade. Difícil seria desmascarar Max, porque eu teria mais uma surpresa. Uma grande surpresa.

26
PLANO DE AMIGOS

Catarina não acreditou quando Teca lhe contou a história de Max. Foi por telefone, e o silêncio no viva-voz do celular podia explicar a indignação da nossa amiga. Eu ainda estava chateada por ela não ter ido ao *vernissage*, mas aprendi a relevar tudo o que a Catarina faz e não faz, porque tenho a impressão de que quando nos falamos, mesmo que seja apenas uma vez ao ano, ela ainda sabe tudo sobre mim e está disposta a me ajudar.

Ela pediu para telefonarmos dali a dez minutos no celular e nos instruiu para não tentarmos entender nada. Deveríamos apenas telefonar. E foi o que fizemos.

– Ahhhh, não acredito! – disse Catarina do outro lado da linha. Enquanto ela falava sozinha, eu e Teca permanecíamos mudas.

– Eu gostava tanto do tio-avô Lourival. Ele era um homem tão bom, tão generoso e ajudou a me criar... Eu nunca poderia estar longe de vocês nesse momento – e fez uma pausa, em que podia se ouvir um fungado de nariz típico de quem esconde o choro – ele vai fazer muita falta, prima. Pode deixar que vamos juntas na casa da tia-avó. Passe aqui daqui a pouco para me pegar. Traga uma roupa preta para que eu possa me vestir adequadamente e vamos direto para a chácara – e desligou o telefone.

Cerca de vinte minutos depois, Catarina estava conosco dentro do carro, rindo de sua própria mentira.

– Que feio, Cacau. Você matou seu tio que mora na chácara! – disse Teca, em tom de brincadeira.

– Ele nem existe! – ela disse, rindo ainda mais. – E vocês acham que eu ia perder a chance de ver esse teatro? De jeito nenhum!

A saída de Catarina do trabalho foi mais um impulso para o nosso plano. Parecíamos crianças pensando em uma vingança para o namoradinho que deixou a menina esperando na porta do parquinho e não apareceu. Decidi não falar do *vernissage* no momento em que Cacau entrou no carro. Só que ela não esqueceu o assunto.

– Blandinha, você me perdoa por não ter ido ao seu *vernissage*? Estou arrependida. Fui à casa dos meus sogros, mas depois eu e o Neto tivemos uma conversa e percebemos que não saímos mais com os amigos. Desculpe. Faço questão de conhecer todos os seus quadros depois.

– Se você for uma boa menina hoje, eu te desculpo – e sorri. Ser uma menina boazinha implicava em aceitar o trato de atuação em ambiente público. As montagens de peças comemorativas na escola serviriam para um propósito maior e, a julgar pela interpretação da perda do tio-avô que nem existe, eu sabia que Catarina seria uma boa atriz.

Rodamos de carro poucos minutos até chegar a uma casa que eu e Tereza conhecíamos, mas Catarina nunca tinha visto. Na hora em que Jaime abriu a porta, as três soltaram um "ufa" de alívio por aquele ser um de seus dias de folga do hotel.

Teca, a inventora de quase toda a história que iríamos contar naquele dia, explicou tudo para Jaime, que, ao saber o papel que interpretaria na primeira parada, topou na hora nos ajudar.

– O Roberto não vai ficar com ciúme por você sair com três mulheres? – perguntou Cacau em tom provocativo.

– Ele teria ciúme se você fosse um belo rapaz, fofa.

Jaime nos lembrou de detalhes importantes e passamos na casa de Teca antes de seguirmos viagem. Nossa amiga descolada tinha todos os elementos necessários. Encontramos dois figurinos diferentes para Jaime e roupas recatadas para cada uma de nós. O ideal era não chamarmos a atenção das pessoas, porque esse trabalho ficaria com nosso amigo. Se fôssemos bem-sucedidas na primeira etapa, poderíamos inovar na segunda e por isso buscamos acessórios como óculos de sol, estolas, boinas e maquiagem. A verdade é que ninguém sabia como seria nossa segunda etapa até a primeira ser concluída.

A viagem foi incrível. Parecíamos quatro amigas indo para a praia. Jaime estava muito mais divertido do que quando éramos mais novos, parecia mais feliz, realizado e absolutamente decidido. Catarina contou as histórias da família do marido, disse que Neto era um homem maravilhoso, mas eles pensavam em se mudar de cidade para se afastar das famílias, que se intrometiam na vida dos dois. Teca revelou os planos de abrir uma loja com uma grife própria, e eu... eu era a personagem principal do dia.

Não senti vergonha de repetir a história para meus amigos. Jaime me fez dizer várias vezes a frase "Sou poderosa e o Max é um bundão" e me deu preciosas dicas de como arrumar a minha nova cabeleira preta, além de maquiagem completa para iniciantes.

Fazia muito tempo que eu não me divertia tanto.

Rimos, conversamos, contamos piadas e eu não conseguia sentir tristeza por ter sido traída. Não derrubei uma única lágrima e só pensava no reencontro com o Bernardo. Eu não sabia quando seria e muito menos que aconteceria em uma situação constrangedora para ambos.

O problema com Max era pensar como seria a mulher que estava esperando um filho dele. Porque ela poderia saber ou não da nossa história. Havia duas possibilidades: ser uma crápula e conhecer toda a enganação, uma hipótese sem sentido para mim, ou ser mais uma enganada. E no segundo caso, ela poderia achar que eu era a amante. Tudo dependia do ponto de vista.

Max ia ser pai. Ele era um canalha e eu uma tonta. Precisava provar que podia ser diferente. A minha vida ia seguir o rumo que eu quisesse a partir daquele momento. Decidi que não estragaria mais um ano da minha existência com quem não valia a pena. E descobri, assim, que podia ser feliz. Enquanto me desliguei da conversa por poucos minutos e pensei que gostaria, na verdade, de estar com Bernardo no sofá de casa, no momento exato do nosso primeiro beijo, Teca avisou que tínhamos chegado.

27
Você não sabe quem sou eu?

O mais difícil da primeira parte do plano foi eleger o local da visita. Eu, Tereza, Catarina e Jaime formávamos um belo grupo, mas ainda sem direção. Cacau pensou na possibilidade de irmos ao restaurante onde Max foi visto com a amante (não existe nome melhor para essa função), mas seria complicado explicar que estávamos procurando por alguém cujo nome nem sabíamos.

Cabeleireiro era o lugar certo.

Todas as mulheres adoram cabeleireiros, mas restava descobrir qual era frequentado pela mulher grávida. Nossa vantagem é o fato de a cidade não ser apenas pequena, mas muito pequena. Extremamente pequena. Existia a possibilidade de a mulher não ser de lá, mas seria estranho Max manter um relacionamento com alguém da nossa cidade sem ser notado.

Na rua principal – fácil de ser identificada porque era a única –, notamos a presença de três cabeleireiros. Existiam duas chances erradas e uma correta. Precisaríamos arriscar. Com a brincadeira do "dois ou um", cada um mostrou a mão com os dedos depois de Jaime dizer "já". A pessoa escolhida fui eu e a opinião final seria minha.

Pensei em qual tipo de mulher poderia ser a amante de Max. Deveria ser rica, porque ele gosta da cor do dinheiro.

Olhei para a fachada de cada um dos estabelecimentos e escolhi aquele com preços mais caros nos anúncios de escova e manicure. Quase o dobro do preço do cabeleireiro em uma casa da esquina, com as paredes manchadas e descascadas. O escolhido foi o salão da Merluza. Mais especificamente, o Merluza's Hair Design, com nome cor-de-rosa em um letreiro gigante.

Preparadas para atacar, entramos.

– Em que posso ajudar? – perguntou uma mocinha de óculos e coque na recepção. Nessa hora, Jaime pigarreou.

– Como assim, querida? Você não está me reconhecendo?

– Desculpe, senhor... senhora... Bem, desculpe, mas eu não conheço...

– Pois então deveria chamar a chefe desse salão, porque se ela não souber quem sou, pode fechar essa espelunca.

Com uma aparência de medo, a moça de óculos saiu e Jaime se virou para nós três e piscou com olhos que brilhavam com a sombra dourada e o rímel preto. Ver o meu antigo amor com uma calça boca de sino vermelha, uma blusa dourada e um leque nas mãos me fez pensar como não fui capaz de perceber, mesmo muitos anos antes, que Jaime era tão mulher quanto eu.

– Em que posso ajudar? – disse Merluza, que havia acabado de chegar.

– Finalmente alguém do ramo. Deve ser uma pessoa entendida, não é, meu bem? Então já sabe quem sou e por que estou aqui.

– Eu... Bem... Claro, eu sei quem você é, eu acho que já te vi em alguma revista – disse a mulher, ainda hesitante, mas com nítida intenção de agradar.

– Eu sabia! Esse aqui é um lugar de respeito. Fofa, prazer em te conhecer. E é claro que você já me viu em alguma revista, eu saio em várias e todas as semanas. Esses fotógrafos acabam com essa minha pele de pêssego com tantas fotografias, mas vida de cabeleireira famosa é assim mesmo, não é?

Merluza, uma mulher muito baixa e com os olhos levemente puxados, tinha uma feição agradável e o nariz fino e bonito. O cabelo liso e castanho estava preso com uma fivela verde, da cor de seu vestido. Um verde-abacate. A dona do salão, provavelmente sem a coragem de dizer que não fazia noção de quem ele era quando se passava por uma personalidade famosa de sua área, apenas sorriu diante do comentário de Jaime, que se apresentou em seguida como Madame Lolô.

– Você é uma deusa, Merluza. Adorei você. É sério, eu a-do-rei você, poderosa! – disse Jaime, enfatizando cada sílaba como se estivesse aprendendo a separação na escola. A mulher ficou com o rosto vermelho de vergonha e sorriu mais uma vez, sem emitir nenhuma palavra.

– Fofa, é o seguinte, não fique triste, não, mas é que eu vim para conhecer a noiva. Sabe como é, ela quis uma profissional conhecida como eu, e aqui estou. Preciso saber o endereço da noiva do Maximiliano Nunes Pedrosa. Vou lá conhecer a beldade, que eu sei que está grávida, para marcar tudo sobre o grande dia. A pedido do próprio noivo.

– Noiva de quem? – exclamou a dona do salão, depois de alguns minutos só de sorrisos. – Desculpe, mas qual o nome dela?

– Queridinha, e você acha que eu sei o nome dela? Ela é quem tem que me conhecer! – disse Madame Lolô com segurança. Nesse momento, a moça de óculos, que ouvia toda a conversa, aproximou-se de Merluza e disse em um tom baixo, mas audível para todas nós, que deveria ser "a mulher que veio de outra cidade". Em poucos minutos, descobrimos que, se a pessoa era a mesma que procurávamos, ela morava a apenas três quadras do salão.

– Mas tem um detalhe... Ela costuma dizer que está adiando o casamento porque a mãe do noivo está muito doente. Parece que está quase indo morar lá do outro lado, sabe? Aquele lado de lá? – perguntou a moça de óculos, de forma sarcástica e apontando o dedo para o céu. – Mas se a mãe melhorou, melhor ainda, não é? – completou a mocinha, depois de perceber que ninguém respondeu sua pergunta.

≈≈

Depois de descobrirmos que Max provavelmente enganou a amante com uma história de que a mãe, saudável como um touro reprodutivo, estava na cama nos últimos dias de sua vida, resolvemos fazer uma visita à grávida. A história foi inventada naquele instante, dentro do carro. Com a maquiagem de Madame Lolô, nosso amigo não poderia fazer parte da segunda metade do plano, então nos esperaria lá fora. Eu seria a irmã de Max, enquanto Cacau e Teca fariam o papel de primas do mentiroso e safado do meu ex-namorado.

A casa da amante era uma mansão.

Uma casa enorme, com dois pavimentos, uma fachada com muitas plantas e uma caixa de correio com formato de boca de cachorro. Tocamos o interfone e fomos atendidas por uma pessoa qualquer que chamou a dona da casa. Minutos se passaram até a porta ser aberta.

Quando eu a vi, já sabia quem era, mesmo sem conhecer. Antes mesmo de olhar para a barriga e constatar uma gravidez avançada, eu sabia quem era a amante de Max. Uma mulher mais velha do que todas as presentes, com uma grande quantidade de fios brancos aparentes na cabeça, um par de óculos enorme no rosto e um nariz de batata que me lembrou um brinquedo que tive quando criança. Diante daquela visão, eu me senti péssima. Silenciosamente, imaginei como Max era capaz de me trocar por uma mulher como aquela. Eu era tão feia assim? Estava gorda? Precisava me cuidar mais? O que havia de errado comigo?

– Posso ajudar? – disse a amante, interrompendo o meu raciocínio.

Se ao menos a mulher fosse mais jovem, bonita, com pele lisa e cabelos esvoaçantes de comercial de xampu, eu iria me resignar ao meu posto de primeira-dama sem graça. Mas não era a verdade.

– Blanda... A moça está falando com você – disse Teca. Mas "moça" era bondade. Eu a chamaria de "avó".

Um pouco incomodada com a presença de três mulheres que ela desconhecia à porta, a amante perguntou o que queríamos e nos apresentamos como familiares de seu noivo. Na mesma hora fomos convidadas a entrar. Então, disse que era Blanda, a irmã de Max. Teca e Cacau eram as nossas primas, sempre tão atenciosas e prestativas, que quiseram ir até a casa da noiva de Max para dar a notícia. "Nossa mãe está muito doente, sabe?", eu disse, mas sem determinar uma doença. Pedi para não contar a Max sobre nossa visita porque ele estava muito preocupado e achava que a mãe não deveria ser incomodada. Nós, as mulheres da família, sabíamos o quanto seria bom para a mãe de Max conhecer a nora e a futura netinha.

– Será um netinho e vai se chamar Max – disse a amante.

Coitado do menino.

Minutos depois, a mulher de cabelos brancos se apresentou como Mafalda.

Depois de uma conversa sem nexo, em que nos baseamos unicamente no sentimento de que estávamos atordoadas com a doença na família, mudamos o foco para o bebê da criatura e chegamos a conversar sobre a felicidade do nascimento e que era uma pena que Max ainda não tinha levado Mafalda para conhecer a nossa família unida e feliz.

Comemos biscoitos amanteigados e me lembrei de que precisaria contar toda a aventura para Dona Cotinha.

Sem medir o tempo, mas com a sensação de quase um mês ter passado, nos despedimos. Combinamos com a amante de nos encontrar para que ela pudesse conhecer a mãe de Max no dia seguinte. Dei o endereço, mas o meu endereço. Mafalda iria conhecer muito mais do que a família de Max, só que a surpresa maior ainda seria minha.

28
pensamentos sobre mim

Eu não dormi. Os poucos minutos em que consegui pegar no sono foram de péssima qualidade. Tive pesadelos e levantei assustada como se alguém tivesse entrado no quarto. Em uma das vezes era apenas Freddy, que subia na cama, e nas outras era a intensidade do meu pensamento.

Não falava com Max desde que havia descoberto que tinha uma amante. Primeiro, eu me sentia culpada por conhecer um homem por quem senti as pernas tremerem no primeiro beijo. Não quis continuar nem mais um minuto com Bernardo até resolver a minha situação com o Max. Ao mesmo tempo, o meu namorado já tinha outra mulher e nem devia saber o que é culpa.

Durante um dia inteiro, eu brinquei de detetive e agora eu precisaria enfrentar a realidade em um teatro dirigido por mim mesma. A minha vida de advogada desempregada, com um namorado quase morando em casa, tinha se transformado em uma novela, com um emprego diferente, um namorado com amante (grávida) e um casamento marcado com ele. Para completar, havia Bernardo.

Decidi tirar um papelzinho da sorte de uma caixinha que ganhei havia anos. Dona Cotinha disse para eu tirar um pensamento sempre que estivesse indecisa, triste ou confusa. E eu sentia tudo dentro de mim. A frase do papel foi "Você vai ganhar ao perder". Saí da cama, procurei a agenda na mesa de jantar e decidi que, por mais um dia, não pintaria nenhum quadro. O trabalho iria esperar.

Liguei para Max e ele, carinhoso, disse que estava com saudade. Fiquei com raiva.

Combinei com o traidor de ele passar em casa mais tarde, porque estava preparando uma surpresa. Como ele ainda estava sem emprego – e aparentemente sem preocupação para encontrar um –, disse que não havia problema em ir quando eu ligasse. Isso porque ele não sabia o que iria acontecer em casa. Eu me lembrei das vezes em que Max foi embora com sono, quando na verdade deveria se encontrar com a amante.

Além de Max, chamei Dona Cremilda. Seu José não poderia vir. Em seguida telefonei para Tereza, Catarina, Jaime, mamãe e papai. O melhor horário seria à noite, para todos estarem presentes. Seria como uma festa, em que os convidados se preparam e dedicam um horário para a ocasião. Eu queria que todos dedicassem apenas um minuto, o exato minuto em que toda a verdade seria revelada.

Não almocei e passei o dia entre a cama e o sofá. Chorei, solucei, despenteei meus cabelos com a raiva de uma menininha e me olhei no espelho. Nada de ser aquela Blanda mais uma vez. Eu merecia ser feliz. Todo mundo merece ser feliz. E a fase de acreditar na felicidade por meio do sofrimento já tinha acabado. Quando adolescente, cheguei a pensar que uma pessoa só é feliz de verdade se sofre, algo como uma purificação.

Mas eu não queria sofrer. Percebi, com toda a minha história, que mesmo quando tivesse problemas, quando ficasse triste porque algo ruim realmente aconteceu, eu não queria sofrer. Eu precisava aprender com os fatos e seguir em frente. Já era uma mulher, não podia mais agir como uma criança. Minha alegria poderia ser compartilhada com meus pais, mas eu não precisava me espelhar na história deles. O que eles viveram não era minha culpa e nem seria eu a consertar. A minha história era diferente.

Por muito tempo, eu não sabia quem era. Não tinha certeza de ter escolhido a profissão certa, achava que amar era apenas estar junto e o nível "médio" me satisfazia. Mas eu havia mudado. Sabia que poderia ser uma boa advogada, porque tenho senso de justiça. Não precisaria defender qualquer pessoa, mas poderia defender alguém se quisesse. Além disso, eu não era só advogada, também sabia fazer outras atividades na vida e talvez por isso tenha descoberto que podia ser advogada. Sempre tive medo de me transformar na mulher frustada de terno cinza, cumprindo tarefas apenas porque é necessário. Queria cumprir por vontade.

Descobrir que eu era mais do que uma profissional me deu a dimensão exata sobre conciliar trabalho com lazer. E advogada e pintora poderiam se alternar nesses papéis. Não precisava ficar com alguém só para dizer que tinha um namorado, porque em algum lugar do mundo, que é grande demais, eu sabia que existia uma pessoa para cada outra. E que amar é possível.

No meio de tanta confusão, aprendi que podia ser uma mulher mais forte. Eu não precisava ter vergonha do meu cabelo laranja, de aparecer na televisão ou de tirar uma calcinha cor-de-rosa da bolsa, porque ninguém tinha nada a ver com a minha vida. Eu podia ser quem eu quisesse, porque era livre e, o mais importante de tudo, escolhi ser uma mulher realizada e feliz.

Não sem antes resolver as pendências da vida antiga, claro.

29
Família Reunida

Já não tinha mais a sensação de ter sido enganada por Max porque eu não valia nada, já que, se existia alguém sem valor nessa história, essa pessoa era ele. A amante era rica, velha e devia ter os seus atrativos, embora eu não conseguisse pensar em nenhum. Ela não era o problema, tinha sido mais uma trouxa nas mãos do safado do meu ex-namorado. Pensei em Max como "ex" quando fui para a cidade conhecer a amante. Já não era mais a namorada, só não havia comunicado isso a ele.

E para ser sincera com o espelho, não poderia mais me enganar. Eu era bem melhor do que aquela mulher.

Dona Cotinha chegou antes de todos, porque pedi que fosse me apoiar. Seu abraço já me deixava calma para tomar qualquer decisão.

Parada ali, em pé na sala, de frente para a cozinha, de onde Dona Cotinha podia me ver, ela esboçou um sorriso. Eu estava com um vestido dourado abaixo do joelho, informal, mas lindo. Escolha de Teca no dia anterior, quando me disse que deveria usar algo especial e me emprestou sua roupa. As sandálias eram minhas, douradas e com um pequeno salto. Coloquei brincos e uma pulseira.

— Só falta tirar essa toalha da cabeça — anunciou Dona Cotinha, com um sorriso que se transformou em risada. O cabelo ainda molhado aguardava Teca para os retoques finais e ela chegou acompanhada de Catarina. Cerca de uma hora antes do combinado com a amante de Max, eu e minhas melhores amigas, o que incluía Dona Cotinha, nos divertíamos com um secador e maquiagens. Toda mulher precisa de amigas de verdade.

Pouco antes de a amante chegar, meus convidados já estavam no apartamento. Mamãe e papai dividiam o sofá e conversavam sobre qualquer coisa que eu não quis saber. Papai me chamou de lado e disse baixinho no meu ouvido, logo em seguida: "Estamos comentando como sua exposição estava linda" e piscou para mim. Em volta da mesa de jantar, estavam as minhas grandes amigas, além de Jaime, aquele homem incrível de beijo bom e que deve ter descoberto que não gosta de mulheres depois do nosso único encontro na festa junina. Ele estava com o seu companheiro Roberto, que eu sempre desconfiei que era o grande amor da vida da Catarina. Quando olhei para a mesa, Cacau e Roberto estavam tirando fotos juntos. Parecia uma festa. A comemoração era a minha nova vida.

Desejei que Bernardo também estivesse lá, mas seria melhor ele não ver a cena. No fundo, eu não queria que ele conhecesse Max nunca.

Telefonei para o meu ex-namorado e pedi para ele ir ao apartamento, já com os dedos cruzados para dar sorte de sua amante chegar antes. Quando desliguei o telefone, a Vovó Mafalda chegou. Agora faltava apenas o palhaço Bozo.

Os convidados, instruídos por mim antes da chegada ilustre da senhora amante de Max, estavam quietos como em um funeral. Quando ela entrou na sala, cumprimentou todos com um aceno, mas logo percebi que estava acompanhada.

– Olá, Blanda. Eu trouxe a minha irmã, se você não se importar.
– Imagine, Mafalda. Fiquem à vontade. Você vai conhecer a família toda em breve, porque Max já vai chegar com a mamãe.

Era estranho chamar a ex-sogra de mamãe.

Mas mais estranho ainda foi ver quem entrou em minha sala. Lá estava, logo atrás de Mafalda, uma mulher com cabelos ruivos na altura do ombro e olhos verdes: a perua da loja de tintas, a namorada de Bernardo, Manuela.

O momento em que nos vimos poderia ter sido filmado. As duas ficaram sem palavras no meio do silêncio, enquanto eu me lembrava do vexame na loja, do processo e do fato de ela ser a namorada do homem que eu amava. Voltei à realidade quando escutei a voz de mamãe chamando as convidadas para sentar. Não trocamos uma palavra, como se fosse um respeito pela amante de Max e pela situação de a mãe do safado estar doente. Essa era a história. E eu me mantive serena, embora a vontade fosse arrancar cada fio daquela cabeça vermelha.

Pedi que Dona Cotinha servisse Mafalda e sua irmã, sentadas em um pufe, ao lado do sofá, sob os olhares de vigia de mamãe, que reconheceu a perua da Manuela, mas também não disse nada.

Max chegou alguns minutos depois. Eu o parei no corredor de entrada do apartamento, de forma que ele não pudesse ver ninguém na sala. Falei alto, para todos ouvirem, e notei um silêncio dos convidados. Agora tudo seria resolvido entre nós dois, com a presença de testemunhas.

– Max, eu sei de tudo. Antes de a sua vergonha ser ainda maior, por favor, fale a verdade. Eu sei que você tem outra pessoa e ela mora em outra cidade. Sei que você me traía e não preciso dizer que não há mais nada entre nós, não é? Só quero entender por que fez isso.

– Blanda! Como você pode acusar o meu filho? Que absurdo!
– mas Dona Cremilda foi interrompida pelo próprio Max, que disse que aquele era um assunto nosso.

– Por favor, não fale nada, mamãe. Blanda está certa.

Foram segundos de apreensão. Sua mãe colocou as mãos no rosto, mas não emitiu mais nenhum som. Eu tinha lágrimas nos olhos, mas não sabia se eram de tristeza, de vergonha, de raiva ou de felicidade por ter coragem. Eu só queria ter uma resposta de Max, só uma resposta, mas tive muito mais do que isso.

– Como você descobriu sobre a Narinha?

Narinha? Que Narinha? Então, meu cérebro quase fritou e minhas mãos estavam loucas para agarrar o pescoço de Max, porque eu percebi, em tão pouco tempo, que ele não era apenas um babaca. Era também um mau-caráter. E, como se tivesse adivinhado que disse uma besteira, logo em seguida tentou disfarçar, mas não conseguiu.

– Narinha, é? Eu não descobri nada sobre ela, você me contou. Eu conheci a Mafalda, na verdade. Aliás, ela está aí dentro. Por favor, fiquem à vontade para participar da festa. Você é o convidado de honra, Max. Uma pena que eu não conheci a Narinha, senão eu a teria convidado também.

Nesse instante, Mafalda apareceu no corredor de entrada e deu um tapa na cara de Max. Olhou para mim e eu repeti seu gesto. Com muito prazer, fiz o rosto de Max sentir mais uma mão quente e pesada.

– Você não presta, Max. E se quer saber, eu tenho dó do seu filho, porque Mafalda... – e me virei para falar com ela – nem você nem eu temos culpa de tudo isso. Me desculpe pela situação desagradável, mas eu não imaginava que havia mais uma mulher nessa história.

– A Narinha é uma amiga – disse Max, com as palavras pausadas.

– Cada frase que você disser será um vexame maior. Por isso, cale a boca – eu disse, quando avistei Dona Cremilda descendo as escadas sozinha, com as mãos ainda no rosto vermelho e tomado por vergonha. Os convidados, agora amontoados no corredor, observavam a conversa entre um casal composto por três pessoas.

— Você é ridícula, Blanda. Como pôde fazer tudo isso? – disse uma voz esganiçada no meio da multidão. Era Manuela, a megera de cabelos cor de fogo que me fez passar a maior vergonha da minha vida na loja de tintas. Sua irmã estendeu a mão espalmada e disse "Não se intrometa", virou-se para mim e respondeu que entendia o meu lado. Não era amizade, era um sentimento de compreensão. Ambas fomos enganadas pelo mesmo homem.

— Manuela, agora que o teatro acabou, eu posso dizer. Você não é bem-vinda na minha casa. E mais: nós vamos nos ver em breve, pode se preparar para esse encontro.

Depois de Max ter sido colocado para fora do apartamento, cumprimentei Mafalda, que saiu atrás de sua irmã. Meus amigos ficaram em casa e me viram chorar. A maquiagem borrou, mamãe veio me consolar e em poucos minutos todos estavam rindo, brincando, cantando e tirando novas fotos com a máquina de Roberto. Agora, sim, aquilo parecia uma festa.

30
SINCERIDADE

Como é que eu podia me sentir sozinha em meio a tantas pessoas e acolhida na solidão? Eu queria apenas o Bernardo, ele não estava na festa e eu me senti vazia. Porque eu sabia que todo aquele circo armado em meu apartamento tinha sido feito por ele. Se ele não tivesse aparecido na minha vida, tenho medo de que continuaria na inércia com o Max. Tenho até medo de que não seria capaz de acabar com o relacionamento, mesmo depois de saber sobre a traição. Comodidade é a pior situação para um casal.

Agora eu começo a acreditar que sou capaz de tomar atitudes mais radicais do que imaginava. Isso começou quando dei chance para a arte entrar na minha vida e continuou no momento em que decidi entrar com um processo contra a loja da Manuela e afirmei que não tinha abandonado o Direito.

Manuela. Aquela Manuela, irmã da Mafalda, amante do Max. O mundo é um caroço de azeitona.

Alguns dias se passaram e não fiz nada fora de casa. Na segurança do meu lar, pintei duas telas em composição, lembranças de um sonho. Quando acordei na madrugada seguinte à festa de minha liberdade e do vexame de Max, lembrei apenas que tinha sonhado que eu era uma gata, com a história igual à de Freddy. Vivia nas ruas e comia lixo, até uma mulher me resgatar e me levar a um veterinário. Tomei remédios, senti dor, mas também tive o aconchego das mãos da minha companheira, porque gatos não têm dono, têm amigos humanos. No sonho, em uma semana, a minha vida de felina tinha se transformado e eu já usava coleira, tomava banho e cheirava à colônia.

Em homenagem ao sonho de gata, pintei o passado e o futuro em telas abstratas, sem animais ou humanos. Apenas o passado com cores frias, pinceladas fortes e tristeza e o quadro do futuro com cores quentes, pinceladas leves e alegria. Era como se eu quisesse pintar minha vida.

Dias em casa, cabelo preso, comida congelada, pratos sujos dentro da pia, roupa cheia de tinta e então descobri que eu podia, sim, pintar a minha vida. A tela em branco foi um presente do Criador, mas me foi dada a oportunidade de escolher o estilo, as cores e as formas que eu colocaria no quadro. E eu só precisava fazer a escolha certa.

A campainha tocou. Pensei em Bernardo, pensei em Dona Cotinha, mas pensei principalmente que o porteiro era um imbecil de deixar uma pessoa subir sem me avisar antes. Só poderia ser alguém do prédio ou da família, mas eu estava errada. Era Max.

– Posso entrar? – ele disse, já dentro do apartamento.

– Se eu não deixar, você tem a chave – mas nessa hora, ele depositou a chave na minha mão. Fiz sinal com a cabeça para entrar. Eu não tinha nada para dizer, havia passado dias tentando entender o turbilhão da minha vida, cheguei a sentir saudade de alguns momentos juntos (porque saudade se sente até daquilo que não presta), mas eu não queria vê-lo. Sua imagem na lembrança já doía e eu tinha certeza de que conversar com ele seria ainda mais dolorido.

Max entrou e se sentou no sofá branco. Esperou eu fechar a porta e me sentar no pufe. Fiquei longe, olhei para o chão e ele começou a falar.

– Vim para te pedir desculpas.

Mas eu não respondi.

– Gosto de você, Blanda.

– Obrigada – eu sei que não há nada pior do que uma resposta de agradecimento quando alguém revela um sentimento bom.

– Narinha está grávida, Blanda.

Não era possível, mas estava acontecendo. Ali, bem diante dos meus olhos, o meu ex-namorado me dizia que uma de suas duas amantes estava grávida, sendo que eu já sabia que a outra também esperava um filho seu.

– Parabéns, papai.

– Eu queria que você fosse madrinha de um dos meus filhos.

– Max, eu não quero saber da sua vida. Não vou ser madrinha de seus filhos e esse é o pedido mais absurdo que alguém já me fez – eu disse, sem pensar, sem medir as palavras e sem saber qual seria a sua reação.

– Gosto da sua sinceridade, menina.

Aquela frase.

❦

Max começou a cursar três faculdades e não terminou nenhuma delas. Em uma das tentativas, ele me conheceu no *campus* quando eu estudava Direito e ele Publicidade – meses depois ele largou o curso. Nossas salas de aula eram uma de frente para a outra e nos víamos com frequência. Na época, um de seus amigos babacas era da minha turma. O garoto usava terno e gravata, mas não trabalhava. "Um advogado precisa se vestir assim", dizia. Mas ele era um estudante, deveria se lembrar desse detalhe.

Em uma festa à fantasia da faculdade, nos encontramos, Max e eu. Ele sempre foi divertido e simpático. Estava vestido de peça de dominó, achei criativo e dei risada quando ele passou por mim. Sem fantasia e sem dinheiro – na época eu fazia estágio em um escritório de advocacia –, fui de mulher-que-saiu-do-banho. Coloquei uma toalha rosa enrolada no corpo (com um maiô por baixo) e uma toalha amarela na cabeça. Nos braços, pendurei esponjas de banho coloridas.

– Eu queria tomar banho com você, gatinha – ele disse em meio a risadas.

– Nunca tomaria banho com um desconhecido e atrevido como você.

– Não sou desconhecido. Já nos vimos muitas vezes – e antes que eu fosse embora, ele me puxou pelo braço e completou: – Sou o Max, e você?

– Blanda.

– Eu sou a peça que falta na sua vida, Blanda.

– Não gosto de dominó.

– E eu gosto da sua sinceridade, menina.

Ele ainda repetiria aquela frase mais uma vez durante a noite.

Dançamos juntos, ele me trouxe um suco de laranja e comentou que eu já era maior de idade e poderia beber algo mais forte. Quando neguei, ele disse que iria buscar uma bebida para ele, mas não voltou. Passei a festa inteira com a minha turma, imaginando onde estaria aquele rapaz.

Eu havia tirado carteira de motorista meses antes da festa, não tinha dirigido nenhum carro sem ser nas aulas da autoescola, mas, quando percebi que meus amigos estavam bêbados, decidi fazer parte da equipe de socorro. Uma das minhas colegas de faculdade se prontificou a levar uma turma de quatro pessoas, e outros três alcoolizados seriam levados por mim. Com o endereço de todos em mãos, seguimos para o estacionamento, quando o engomado de terno e gravata da faculdade, fantasiado de gelatina, perguntou se eu poderia levar um amigo seu.

— Só se ele for no carro que eu dirigir, que é de uma das meninas. O carro dele vai precisar ficar aqui no estacionamento — e minutos depois descobri que o amigo era Max, uma peça de dominó desacordada e que foi jogada no ombro de uma das passageiras no banco de trás.

— Você vai ser o último a chegar em casa, dominó — eu disse, depois de deixar todos os outros, mas ele não respondeu. Virei para trás, percebi que ele estava deitado no banco, agora vazio. Quando o semáforo ficou vermelho, dei-lhe um tapa na cara, mas ele não se mexeu. — Se você estiver em coma alcoólico, eu te mato de vez — e segui para o hospital.

Quando tentei tirar Max do carro, ele vomitou em cima de mim. Um começo incrível de relacionamento. Se eu soubesse identificar os sinais, teria deixado aquele moleque na sarjeta. Nós nunca teríamos nem sido amigos.

Com a toalha completamente suja, eu a desenrolei do meu corpo, apoiei Max nos ombros e, com o carro próximo ao pronto-socorro, gritei por ajuda. Max foi levado e eu corri atrás. Precisei parar na recepção e me perguntaram tudo o que eu não poderia responder. O nome do paciente eu só sabia que era Max. Do endereço e dos documentos eu não fazia a menor ideia e não me veio à mente procurar sua carteira em algum bolso da fantasia. O melhor foi deixar os meus contatos e torcer para que ele tivesse plano de saúde. Foi quando notei que as pessoas me olhavam atentamente. Eu era a única de maiô em pleno hospital e com uma toalha na cabeça.

Algumas horas depois, fora de perigo, descobri que ele teve uma intoxicação aguda por álcool, um estágio abaixo de um coma alcoólico, o que para mim significava o mesmo: ele tinha ingerido mais bebida do que deveria.

Já era de manhã quando eu pude levá-lo, finalmente, para casa. Mas me lembro de Max ter me pedido para deixá-lo na casa de um primo. Uma mulher abriu a porta e imaginei que fosse sua tia. Ela me agradeceu pela atenção e ele sorriu.

– Eu sabia que o destino era passar a noite com você.

– Primeira e última.

– Eu já disse que gosto da sua sinceridade, não é?

– Já, mas isso não faz a menor diferença para mim.

– Deixa o seu telefone comigo?

E deixei. Mas o número errado. Menos de uma semana depois, sem termos nos visto na faculdade naqueles dias, Max me ligou. Ele contou como conseguiu o meu número verdadeiro: no hospital, onde resolveu buscar alguma informação sobre a moça que "havia salvado sua vida". As atendentes devem ter ficado comovidas com o agradecimento do rapaz. No dia em que me ligou, convidou para jantar e não aceitei. No dia seguinte, foi à minha sala na faculdade, pediu licença para o professor e entrou com um buquê de rosas vermelhas.

– Professor, preciso agradecer aquela moça por ter salvado a minha vida – e apontou para mim. A turma inteira começou a bater palmas, eu saí da sala e não sabia o que dizer.

– Pronto, já agradeceu.

– Eu quero mais. Quero um beijo, Blandinha – e antes de eu responder, ele me beijou. Nosso primeiro beijo aconteceu no corredor que dividia as nossas salas de aula. Não passou muito tempo e Max desistiu do curso. Voltamos a nos encontrar um tempo depois e sem nenhum planejamento, ele logo começou a dormir em casa, a passar a semana inteira, a levar suas roupas e a fazer parte daquele apartamento. Como mamãe gostava de dizer, eu estava casada sem saber, e sem que ele nunca tivesse me chamado de namorada. Porque desde o primeiro dia em que soube seu nome, Max nunca foi um cara legal. Ele também nunca mais me deu rosas.

Quando Max me fez lembrar do passado, pedi licença para ir ao banheiro e resolvi lhe dar um presente. Voltei à sala e disse que gostaria que ele entrasse em meu quarto. Ele me puxou pela mão e tentou me beijar, mas eu me esquivei, como quem quer dizer: "Esperar vale a pena". Pedi que tirasse a roupa e ele não pensou nem um segundo. Fiz cara de quem está gostando, e eu estava. Cheguei ao lado da janela e notei seu olhar de preocupação, mas ele não teve tempo para tentar remediar mais uma de suas besteiras. Com apenas um movimento, eu joguei suas roupas pela janela e deixei meu ex-namorado, traidor, vagabundo e mentiroso, completamente pelado no meu quarto.

– Se você quiser ir embora, é bom escolher entre um dos dois vestidos que deixei para você em cima da cama. São os seus preferidos. – Deixei Max à vontade e me escondi atrás da cortina, mas pude ver quando ele saiu com um vestido florido.

31
MEU PRIMEIRO PROCESSO

O dia já estava marcado no calendário e chegou. A primeira das duas vezes em que eu enfrentaria Manuela. A dona da loja de tintas. A namorada do Bernardo. A mulher mais insuportável que eu já conheci em toda a minha jovem vida.

Mamãe me incentivou a entrar com os processos e eu decidi que seriam em causa própria. O diploma de Direito não serviria para mais nada na nova carreira como pintora, mas eu queria ter o prazer de me representar diante da víbora de cabelos vermelhos. Primeiro no Juizado Especial Cível, por danos morais pela vergonha de ter sido exposta a uma situação vexatória e mentirosa. E depois no Juizado Especial Criminal, para uma ação de calúnia, já que um crime foi imputado a mim falsamente. E eu teria que provar a minha inocência.

Não consegui ter ideia melhor para roupa do que o terninho cinza. Com o novo rumo profissional, eu não pretendia comprar terninhos nunca mais. Para alegrar o visual, coloquei uma blusa laranja por baixo, um cinto da mesma cor por cima do blazer e um enfeite também laranja no cabelo, que um dia já havia sido berrante daquele jeito. Mamãe passou para me pegar de táxi e fomos juntas ao Juizado.

– Mamãe, a senhora só vai assistir à audiência. Não abra a boca.

– E se eu puder acrescentar algo para te ajudar?

– Mesmo assim, mantenha sua boca fechada, porque se tentar me ajudar pode me prejudicar, entendeu? Eu sei que sua experiência é grande, mas agora preciso que seja apenas a minha mãe – e ela pareceu ter entendido, porque respondeu com um sorriso.

Nem eu mesma sabia o que me aguardava. Na frente da sala de audiência, senti as pernas tremerem e por um instante me arrependi de estar ali. Foi quando avistei o meu pai, Teca, Catarina, Jaime e Roberto. Esqueci o arrependimento e decidi sair vencedora de qualquer desafio.

Dentro da sala, havia apenas duas pessoas com Manuela. A irmã Mafalda e um senhor barbudo de cabelos grisalhos, que devia ser o advogado. Um jovem entrou na sala e se apresentou como conciliador. Nos poucos minutos em que o advogado da ré tentou me convencer a entrar num acordo, eu só conseguia pensar em Bernardo. Onde ele estaria naquele momento? Então eu disse:

– Não aceito acordo nenhum.

Em poucos minutos, meus amigos, pais e eu estávamos sentados em uma lanchonete e conversando amenidades, apenas para esperar o tempo passar até o momento em que aconteceria a audiência de instrução e julgamento, naquela mesma tarde.

※

O Juizado Especial foi a primeira e única opção na qual pensei depois de sair da loja da Manuela no dia em que, mesmo sem saber que eu a detestaria ainda mais, tive vontade de arrancar com pinça todos os fios de seus cabelos por me ter feito passar a maior vergonha da minha vida.

E me lembrei de cada detalhe daquele dia. Primeiro eu chego em casa e percebo que, em vez de tintas e pincéis, a sacola continha agulhas e linhas. Quando volto à loja, a ruiva entojada, dona do estabelecimento, diz que eu precisaria devolver a agulha de prata – que nunca esteve comigo. Quando resolvo ir embora, o alarme da loja toca e todas as pessoas me olham como se eu fosse uma ladra. Por fim, ainda pago pela agulha.

Mas agora era a vez dela de pagar.

Todos sentados, enquanto o juiz falava e meu pensamento voava, eu observei Manuela acompanhada somente pelo advogado e pela irmã. Meus amigos estavam ao meu lado. Teca deu um jeito de estender a mão e apertar a minha bem forte.

Tudo estava pronto. Minha testemunha era uma pessoa que estava na loja naquele dia e presenciou a minha vergonha. Mamãe, habilidosa na profissão e defensora de sua cria, já imaginou que anotar o telefone de alguém presente naquele dia poderia ser útil depois. Enquanto eu preenchia o cheque pela agulha de prata, mamãe conseguiu o telefone de três pessoas, e uma senhora chamada Ivone aceitou testemunhar a meu favor na audiência. Ela disse, no dia em que nos encontramos pessoalmente, que achou um "pecado uma moça tão bonita passar por ladra" e, quando perguntei como ela tinha certeza da minha inocência, ela contou que a filha já tinha passado por situação semelhante na mesma loja, só que quando o alarme foi acionado revistaram sua bolsa e perceberam que nada havia de errado.

Depois de Ivone, o juiz chamou a primeira testemunha da loja.

Ele entrou e Teca apertou a minha mão com mais força. Manuela olhou triunfante para mim e meus olhos se encheram de lágrima, ao mesmo tempo em que minha boca tremia e meu coração palpitava. Em segundos eu precisaria decidir o meu futuro e o dele. O deles. O nosso. O de todos. Quem estava ali, na frente do juiz, era Bernardo.

Como advogada, eu sabia que podia intervir e avisar ao juiz que Bernardo era namorado de Manuela. Ele não poderia ser testemunha dela, eles se conheciam muito bem e sua palavra poderia não ser a verdade, mas apenas a proteção à ré. Enquanto ele fazia o juramento, decidi não fazer nada. Minha denúncia poderia prejudicar Manuela, o que não me traria nenhum peso na consciência, mas também seria um problema para Bernardo e eu não queria isso. Mesmo se ele decidiu proteger a namoradinha irritante, mesmo se estava ao lado dela, mesmo se fosse um canalha como o Max por me enganar, ainda assim, eu o amava. Eu nunca tinha sentido o que senti desde o dia em que vi Bernardo pela primeira vez, com uma calcinha *pink* nas mãos. E se ele não merecia o meu amor, eu não faria nada para mudar isso. O juiz decidiria baseado nos depoimentos das testemunhas. A opção de Bernardo era só dele e não minha.

Mesmo decidida, eu gritei em silêncio e em pensamento. Ser enganada pelo idiota do Max doeu, mas ver Bernardo ali, em uma situação de proteção à Manuela, foi um golpe muito mais profundo. Ele tinha escolhido seu caminho. Não haveria mais um novo encontro, não poderíamos mais passar horas conversando no sofá de casa, eu não poderia sentir sua boca de novo na minha, eu não pediria um *show* exclusivo ao baterista e, se tivesse que ir ao banco, nunca mais seria naquele em que ele trabalha. Tudo o que eu achei que era verdadeiro havia sido destruído. Ou nunca tinha existido, porque podia ter inventado. E se eu inventei que ele gostava de mim como eu gostava dele? Podia ser que ele só quisesse me levar para a cama e, diante de minha recusa tão imediata, tivesse escolhido voltar para a ruiva sem educação. Ela podia saber muitas posições do Kama Sutra, afinal. O que era amor diante de uma tentação?

Amor.

Foi por amor que eu fiquei quieta e deixei a audiência prosseguir.

– O senhor conhece a loja Tinta & Talento?

– Sim, senhor juiz.

– Excelentíssimo, o senhor Bernardo Veloso poderia nos dizer sobre a eficiência do alarme, já que acompanhou o processo de instalação do equipamento no estabelecimento comercial. – disse o advogado barbudo.

– Senhor Bernardo Veloso, o que tem a dizer sobre o sistema de segurança da loja em questão?

– Senhor juiz, eu estive presente no momento em que o alarme foi instalado. É um bom sistema, eficiente e seguro.

– Excelentíssimo, gostaria de perguntar à testemunha se o alarme é passível de erro assim como os seres humanos. – e depois de fazer a minha pergunta, em direção ao juiz, como deve ser feito, mas com o olhar em Bernardo, mantive a postura e levei a mão ao coração. Era como se tivesse recebido uma flechada com veneno. Bernardo se virou e fitou os meus olhos profundamente.

– Senhor Bernardo Veloso, o sistema de alarme da loja pode ter erro? Já aconteceu alguma vez?

Bernardo não respondeu. Sala em silêncio. Tensão. A pergunta que quebrou a quietude veio do juiz, que questionou Bernardo novamente sobre a eficiência do alarme.

– Senhor juiz, o alarme é passível de erro como os seres humanos, sim. Eu admito que, apesar de eficiente e ideal para a loja, o alarme já apresentou defeitos. Não foi a primeira vez que ele soou quando não devia, como aconteceu com a senhorita Blanda. Já houve casos em que ele tocou e nada havia de errado com o cliente. Também ocorreu de a pessoa não ter comprado na loja e, mesmo assim, o alarme ter tocado. Sei também que, mesmo sendo alertada sobre os possíveis problemas, a diretoria da loja não consertou o equipamento de segurança e ele poderia ser acionado de longe. O que eu quero dizer é que, além de já ter apresentado problemas com outros clientes, é sabido que pode ser disparado à distância.

– O senhor afirma que ele já foi acionado propositalmente?

– Não, senhor. Eu afirmo que ele pode ser acionado dessa forma.

– Existe mais alguma informação para este Juizado?

E havia. Bernardo olhou para mim com o olhar mais sincero que eu já tinha visto e disse:

– Senhor juiz, qual a sentença por amar uma mulher a tal ponto que nos esquecemos de todas as outras pessoas ao nosso redor? – ele balançou a cabeça levemente para cima e para baixo, como se quisesse obter uma confirmação de que eu sabia que ele estava falando de mim. Era a declaração mais inusitada e linda do mundo. Bernardo não parou de olhar para mim. O juiz olhou para nós dois. Manuela olhou para Bernardo e eu achei que ela seria capaz de me matar naquele instante, mas logo um burburinho se formou na sala. Em segundos havia palavras, frases e gritaria ao redor. Eu e Bernardo continuávamos como estátuas, parados e nos olhando.

– Pela ordem – disse o juiz, que dispensou as demais testemunhas e alegou que sua convicção já tinha sido formada. Ele passou a proferir a sentença, condenando Manuela Benevides da Cunha e Souza ao pagamento de quarenta salários mínimos. E a sessão foi encerrada.

Aquele era o teto que Manuela poderia ter, a pior multa possível para o caso, e foi o que ela recebeu. Sua loja iria me pagar uma quantia que eu deveria investir na minha nova profissão. O melhor não era o dinheiro, mas ver a ruiva arrogante perder. Não porque eu gostava de ganhar a qualquer preço ou porque queria vingança, e sim porque ela merecia e eu queria justiça, a mesma justiça que segui por anos na faculdade e que me fez ser advogada. Meus pensamentos de vitória foram interrompidos pelo grito de Bernardo.

— Blanda!

Com exceção do juiz, todos estavam na sala e se viraram para ver um homem que gritava o meu nome em plena sala de audiências do Juizado Especial Cível.

— Blanda!

— Eu não deveria dar ouvido a uma testemunha que acaba com a história de quem pretende defender. Não sei se é uma pessoa de confiança – eu disse.

— Na verdade, o juiz já me deu a sentença por amar uma mulher a tal ponto que eu tenha me esquecido de todas as outras pessoas ao meu redor.

— E o que foi que ele disse?

— Que eu devo viver com essa mulher pelo resto da minha vida.

— Achei que ele daria um castigo, não um prêmio.

— Quem ama desse jeito, mesmo que faça muitas besteiras, não merece ser castigado.

— Nem quando entra numa sala de audiências para testemunhar contra a mulher que ama?

— Só se ele consegue fazer isso.

— Você fracassou.

— É porque eu estava diante da mulher mais linda que eu já conheci.

E do jeito que começou em casa, continuou naquela sala fria, em que pessoas eram condenadas e outras absolvidas. Naquele espaço, Bernardo me abraçou, me beijou e, como em um espetáculo, fomos aplaudidos pela plateia do meu lado. Quando Manuela ia sair da sala, eu tive tempo de me lembrar do dia em que ela me fez passar por ladra. "A justiça existe, Manuela. Eu bem que avisei."

32
começou e acabou?

Quando algo dá certo, a energia da felicidade atrai outras alegrias. E foi assim, com meu primeiro processo, em que ganhei a causa em nome próprio e, principalmente, contra a Manuela. Para completar, recebi a declaração de amor do homem mais completo que eu já conheci. O meu Bernardo, gerente de banco, baterista de uma banda e possuidor de uma boca linda e que beija bem. Eu sabia, na sala de audiências, que não conseguiria resistir aos seus encantos por muito tempo.

– Você se lembra do convite para irmos a um restaurante japonês?

– Eu não esqueci nem por um dia – respondi.

– Que tal acontecer agora?

– E se eu disser que não será um jantar a dois?

– Vamos levar todos. Precisamos comemorar a sua vitória, não é mesmo? – ele me respondeu com um sorriso.

Jantamos todos juntos. Pedimos uma mesa grande para nós dois, papai, mamãe, Teca, Catarina, Jaime e Roberto. Todos foram embora e Bernardo me acompanhou até o apartamento. Sem eu pedir, sem ele dizer algo a mais.

Entramos sem falar nada e nos beijamos.

Nunca, nem em meus sonhos, eu poderia imaginar que beijar fosse tão bom. E que gerava tanto calor em meu corpo.

Eu me lembrei de uma garrafa de vinho que tinha na geladeira. Talvez já tivesse virado vinagre, mas seria uma boa desculpa para eu buscar as taças e deixar acesa somente a luz do abajur na sala e no quarto. Luz acesa, não. Eu já imaginava que ele poderia ver todas as imperfeições das minhas pernas e, quando encontrasse as celulites em formação de coral, seria um desastre. Luz baixa. Não poderia assustar Bernardo.

Servi o vinho nas taças e ele bebeu.

Em seguida, ele cuspiu. Demos risada.

– Blandinha, esse vinho serve para temperar salada.

– Bem que eu imaginei.

– Eu te sujei – ele disse. E tirou o meu *blazer* cinza com manchas de vinho estragado.

As risadas foram abafadas com mais um beijo. Com as mãos em meu rosto, ele escorregou para os cabelos e me acariciou. Segundos depois eu estava em seu colo, como uma noiva é levada pelo marido à casa nova após o casamento. E foi naquele momento que o mundo parou. Nosso beijo parou. E ouvimos um barulho na fechadura.

Parecia uma piada de mau gosto, mas bem na nossa frente estava Max. O meu ex-namorado segurava uma sacola em uma das mãos e fechava a porta com a outra.

– Blanda, o que está acontecendo aqui? – ele perguntou com ironia.

– Max, eu que tenho que fazer perguntas. Como você entrou aqui se você me entregou a chave do apartamento?

– Essa chave é minha, meu amor, esqueceu que foi você quem me deu?

– Você está louco! – e no momento seguinte eu percebi que ele havia feito uma cópia antes de me entregar a sua chave. – Você fez uma cópia, não é? Max, você não presta!

– Blanda, meu amor, eu chego em casa e pego minha namorada no colo de outro homem e ainda sou agredido?

– Eu não sou sua namorada! – eu gritei, com lágrimas nos olhos.

E, sem eu imaginar que tudo poderia ficar ainda pior, Max tirou da sacola o meu vestido florido. O mesmo que ele usou naquele dia em casa, quando eu joguei suas roupas pela janela e o deixei pelado no quarto. Ele saiu sem reclamar, passou vergonha e resolveu se vingar. Deve ter acompanhado meus passos, provavelmente viu quando eu e Bernardo entramos no apartamento e entrou em ação no momento que julgou mais oportuno. Para se vingar de um vexame. Para fingir ter algo que nunca teve.

– Blanda, você esqueceu o seu vestido na minha casa. Naquele dia em que tivemos uma noite de amor maravilhosa, você se lembra... e eu vim trazer.

E sem perguntar nada, Bernardo saiu. Eu o chamei de volta, disse em voz alta para o prédio inteiro escutar que aquilo tudo era mentira, mas não adiantou. Ele foi embora e quem ficou no meu apartamento foi Max, com olhar de vitória.

– Por que você fez isso? Sabe que é tudo mentira.

– Eu sei que você estava comigo e só pensava nele, Blanda.

– Eu pensava. Eu só pensava. Mas você engravidou duas mulheres e acha que é a pessoa mais correta pra vir me falar de caráter, seu imbecil? Você acaba de tirar do meu apartamento o homem da minha vida, sabia? O homem que é para mim o que você nunca foi e sabe por quê? Porque, Max, você nunca me fez feliz de verdade. Você nunca me fez sentir segura e amada. Você me tratava como uma mulher qualquer, como se esperasse uma princesa virgem aparecer na sua vida. Max, você não significa mais nada pra mim. Me fez sentir uma mulher incapaz durante tanto tempo só porque *você* é o incapaz. Nunca me elogiou de verdade, nunca me apoiou. Até agora não entendo como eu ia me casar com você. Não, eu acho que entendo, sim. Eu não conhecia o amor. Mas agora eu conheço. Fora da minha casa, vai cuidar de suas duas mulheres e seus filhos.

– Não posso dizer o mesmo, Blandinha. Parece que o rapaz não gostou muito da história que inventei e você vai ficar sozinha. – e então Max saiu. Mas não era para sempre.

Chorei.
Chorei como uma criança que perde a boneca ou não consegue um doce. Era ódio de Max misturado ao amor por Bernardo. Mas eu não poderia deixar que o meu primeiro amor, que só aconteceu aos meus vinte e quatro anos de vida, fosse embora. Sem dizer nada, sem explicações, sem que eu pudesse dizer o quanto ele havia sido importante, mesmo com tão pouca convivência.

Eu não conhecia Bernardo, mas também tinha certeza do meu sentimento.

Lavei o rosto e notei que os olhos ainda estavam vermelhos. O nariz parecia o de uma rena do Papai Noel.

– Em quanto tempo pode fazer o serviço? – ouvi uma voz vindo da sala. – Porque preciso que seja feito o mais rápido possível.

Quando cheguei, vi Bernardo com um rapaz mexendo em minha porta.

– Blanda, tomei a liberdade de chamar o chaveiro para trocar essa fechadura. Desculpe a ousadia, mas não quero que nenhum outro louco entre no apartamento da minha namorada sem permissão.

Corri para seus braços e pulei em seu colo. O rapaz trocou o miolo da fechadura em poucos minutos e trancamos a porta com a nova chave.

– Você não pensou que eu ia embora antes de tomar todo aquele vinho delicioso, pensou? – disse Bernardo.

– Bernardo, eu queria explicar o que aconteceu aqui em casa. O Max é um louco e... – mas não consegui explicar nada. Fui interrompida com um beijo. E ali, com Bernardo ao meu lado, eu não me importei com as luzes acesas e tive a melhor noite da minha vida. Que se estendeu até a manhã do dia seguinte, quando acordamos abraçados no chão da sala.

33
DOSE DUPLA

Na audiência que aconteceu dias depois da primeira, pedi para Bernardo não ir. Ele disse que gostaria de estar ao meu lado, mas eu queria me lembrar, a todo o instante, de que ali eu era advogada. Nada de misturar assuntos pessoais, e naquele momento só eu e Manuela deveríamos acertar as contas. Ele concordou.

Minha segunda atuação como advogada seria contra a mesma pessoa, mas agora em Juizado Especial Criminal com uma ação de calúnia. Eu poderia não aceitar nenhum acordo na audiência preliminar, mas não pretendia levar adiante aquela história. Já havia provado que era inocente e isso que importava. Logo no primeiro encontro, o advogado da mulher com cabeça de fogo me propôs um acordo e eu o aceitei. Para Manuela, era melhor doar as cestas básicas para uma instituição do que se arriscar a ir parar na cadeia. Assim, por um ano algumas crianças receberiam cestas básicas daquela maluca.

Senti orgulho por ser minha própria advogada. Na saída, o mesmo rapaz que me entrevistou no dia do *vernissage* me esperava para escrever uma reportagem sobre o caso. No dia seguinte, a página cinco do jornal trazia uma matéria sobre o sucesso da pintora que resolveu ser advogada, embora eu seja uma advogada que decidiu ser pintora. Meu telefone começou a tocar ainda mais e agora tinha duas agendas: uma para encomendas de quadros e outra para contatos com clientes que pretendiam pagar pelos meus serviços como advogada.

Eu queria desistir do Direito. Não tinha a menor vontade de trabalhar mais em escritórios, mas aí pensei na possibilidade de montar meu próprio escritório.

Dona Cotinha foi comigo à audiência preliminar em que o acordo foi feito. Na volta, perto da hora do almoço, paramos em seu apartamento. Minha vizinha fazia questão de que às vezes eu fizesse companhia a ela em uma refeição. Sempre deliciosas, o prazer era meu.

– Blanda, minha filha, você conheceu Dona Justina? – perguntou Cotinha, com a colher na mão enquanto esperava a minha resposta. Ela sempre comia de colher.

– A mãe de Bernardo? – eu perguntei, após uma garfada de polenta com molho vermelho.

– Ela é minha amiga.

– Como o mundo é pequeno, Dona Cotinha.

– Preciso contar algo e tenho medo de que você não goste do que eu vou dizer, mas eu não posso esconder nada de você.

Em uma fração de segundos, pensei que Dona Cotinha fosse me contar que Bernardo era casado ou qualquer outra novidade que estragaria a felicidade vivida nos últimos dias.

– Naquele dia em que eu pedi para você ir ao banco, eu sabia que você ia encontrar o Bernardo.

– Dona Cotinha, eu estava ridícula!

– Bernardo queria te ver – ela disse com um olhar cativante e a voz doce.

– Mas como a senhora sabia?

– No dia da sua estreia de quadros, quando você apresentou sua arte às pessoas, ele fez muitos elogios a você. Aquela antiga namorada dele estava junto, mas eu percebi que ele queria encontrar você novamente. Nunca desconfie da intuição de uma velha como eu, filha. Minha suspeita foi confirmada quando ele mesmo disse que não conseguia te esquecer. Então eu dei um jeitinho de colocar vocês juntos novamente.

– Então a senhora é a culpada de tudo – eu exclamei com um sorriso.

– Não, querida. Vocês mesmos são os culpados, eu só dei um empurrão – ela disse e ergueu os ombros, como se não tivesse feito nada. Mas tinha feito, e sabia que tinha feito.

Dona Cotinha, apesar de estar sempre presente em minha vida, pouco falava da sua. Era uma mulher alegre, mas parecia esconder, atrás de seus olhos, histórias de muitas vidas. Nas poucas vezes em que perguntei sobre sua família, ela não respondeu e eu respeitei. E nossa amizade seguia regada a sinceridade, mas cautela. Por isso eu me surpreendi quando ela começou a me contar um trecho de sua história de vida, sem eu ter perguntado nada.

Tudo começou com Juliano, o filho de Dona Cotinha. E eu só sabia que ele morava longe.

Juliano devia ter poucos anos a mais do que eu. Apesar de não ter havido suspeitas na gravidez de que ele nasceria com problemas de saúde, a mãe descobriu um bebê frágil e que precisaria de cuidados especiais. "Um probleminha no pulmão, minha querida, mas isso não tem a menor importância diante dos fatos", ela disse, e seguiu com a história. Dois anos depois, no meio de uma internação, Dona Cotinha descobriu que Juliano não era seu filho biológico. Não existiam testes de DNA na época, mas, quando viu o menino de outro casal, Dona Cotinha soube que era seu. O mesmo aconteceu com os pais da outra criança, que reconheceram em Juliano o filho biológico. O hospital, por sua vez, admitiu o erro e o caso ficou conhecido pela mídia.

— Por isso, minha querida, se hoje eu estivesse grávida, meu filho nasceria em casa — disse Dona Cotinha, com bom humor e certa de suas palavras.

Assim que perceberam a troca, as duas famílias pediram a guarda do filho biológico, mas nenhuma aceitava entregar o bebê que já estava sendo criado havia dois anos pelos pais adotivos. Dona Cotinha era mãe solteira, em uma época em que esse fato a deixava ainda mais vulnerável, mas ela não abriu mão de querer criar os dois meninos.

O impasse seguiu até que Cotinha decidiu não abandonar Juliano. Ela conhecia seu estado de saúde, todos os gostos e necessidades daquele menino frágil e amoroso, e não o deixaria. As duas famílias, mesmo em um momento difícil, acabaram se unindo. O irmão visitava Juliano no hospital e logo se tornaram amigos. A recuperação de Juliano parecia ter ganhado uma força extra e inexplicável com a convivência com o outro menino.

Dona Cotinha desistiu da guarda da outra criança e a outra família também. Juntos, decidiram que não aconteceria a troca, porque os verdadeiros pais são aqueles que criam. O laço de amor foi responsável por unir os pais e filhos de sangue. Cada criança chamava as duas mulheres de mãe, e Juliano, que havia nascido em um lar sem pai, agora tinha um.

— Juliano sempre foi uma criança adorável e meu filho de coração. Hoje ele é um homem lindo e saudável, sem resquícios da saúde abalada da infância. Mora no Havaí e é astrônomo. E quanto a meu filho verdadeiro, ele sempre me chamou de mamãezinha. Não há nada mais que eu poderia pedir na vida, Blanda.

Já emocionada, eu perguntei por que ela nunca tinha me contado essa história.

— Talvez meus instintos estivessem pedindo resguardo. E quer saber, minha querida? No fundo, eu sempre soube o que estava fazendo — ela disse, sem modéstia ou arrogância. — Anos depois, o exame de DNA confirmou que Bernardo é mesmo meu filho biológico, Blanda. Isso significa que, na prática, eu sou a sua sogra.

34
DOSE TRIPLA

Eu tenho duas sogras.

Um namorado novo, duas sogras e como eu poderia esquecer... uma ex-sogra! Mamãe me ligou em uma manhã, no meio da semana, para contar que Dona Cremilda tinha entrado em contato com ela para as duas acertarem, como combinado sei lá quando ou onde, o pagamento do casamento.

– Que casamento? – disse mamãe.

– Dos nossos filhos – respondeu a maluca.

– Eles não vão mais se casar, Cremilda. De onde você tirou essa ideia?

– Mas o casamento ficou acertado e precisa ser pago. Já me ligaram em casa com cobranças.

– Então resolva. Pode cancelar.

Cremilda não explicou o motivo de tamanha inquietação e disse que mamãe devia ir ao espaço do casamento. Eu decidi ir com ela, porque o problema era, na verdade, meu. Com o endereço anotado por mamãe, chegamos ao Espaço Sonho à tarde. Estacionamos o carro e a entrada, suntuosa, já me chamou a atenção. Na porta do salão, que mais parecia um palácio, estava a ex-sogra, parada como um espantalho. Sorriu com desprazer e disse: "Vamos". Entramos juntas em uma sala decorada com lustres de cristal e uma moça com um terninho parecido com o meu uniforme de advogada se dirigiu à Dona Cremilda.

— Esta é minha ex-nora — disse minha ex-sogra.

— Sou a Blanda, prazer. Vim resolver um probleminha e me desculpe se eu pareço indelicada, mas gostaria de entender o que está acontecendo aqui e cancelar tudo para irmos embora.

Em poucos minutos, com o contrato assinado por mim mesma em um dia com pressa, constatei que não poderia cancelar o casamento com Max. Ou eu casava ou eu pagaria o restante das parcelas. Tudo porque eu não li aquele contrato absurdo. Bom, tudo bem, eu pensei, porque afinal era só quitar as parcelas restantes, já que a ex-sogra se encarregou de pagar o casamento. Se ele não iria acontecer, a culpa era do próprio filho, então minha consciência não pesou nem um miligrama.

A ex-sogra só tinha se esquecido de me dizer que tinha dividido o casamento em doze parcelas e pago apenas a primeira. Mas fez questão de me lembrar, antes de se levantar e ir embora, que não pagaria nem mais um centavo.

— Meu filho não irá mais se casar, então minha responsabilidade acaba aqui. Serei generosa e não pedirei a restituição da parte paga, mas lembre-se de que há apenas uma assinatura neste contrato e ela é sua, Blanda.

Generosa? Será que ela sabe o que é um dicionário?

Aquele rosto bonito, aquelas roupas caras e aquele sorriso falso me deixaram nauseada. E Max continuaria a ser o homem sem caráter que eu conheci porque a própria mãe o protegia.

Eu não sabia qual atitude tomar. Então pedi para ir ao banheiro. De lá, não tive dúvidas: liguei do celular para Dona Cotinha.

— Dona Cotinha, preciso de ajuda.

– O que aconteceu, filha?

– Estou no espaço onde iria acontecer o meu casamento com o Max. Uma moça maluca me disse que eu preciso casar ou tenho de pagar outras onze prestações do casamento, porque eu assinei um contrato absurdo. Eu não vou me casar com Max. Eu não vou pagar um casamento que não vai acontecer.

– Você não é advogada? Então, vai encontrar uma solução para o problema, mas eu sugiro que não diga nada à empresa. Veja quando é o vencimento da próxima parcela e faça-os esperar.

Lavei o rosto e procurei ficar calma. Quando voltei, pedi uma cópia do contrato e disse que continuaria pagando o casamento. A moça de terninho não perguntou o motivo da súbita mudança e concordou com minha solução.

– A senhorita gostaria de conhecer a nossa casa? – perguntou, para finalizar a conversa. Então eu concordei.

Quando entrei, ainda apreensiva, eu não consegui perceber a beleza do lugar. No passeio que fizemos, a moça explicou que são colocadas tochas para os casais que realizam a cerimônia à noite. Para os casamentos de dia, há colunas de flores logo na entrada. Uma capela completava o sonho de qualquer mulher que também desejasse se casar na Igreja. Pois é, o lugar tinha um lindo altar. O salão era enorme, com um palco, iluminação especial e as fotos mostradas no álbum deram a certeza de que o lugar ficava ainda mais lindo nos dias de casamento. Era o espaço onde sempre sonhei me casar. Mas como o noivo era errado, eu abria mão de tudo.

Enquanto conhecia o lugar onde o bolo era colocado, o celular tocou. Era Bernardo. Combinamos de jantar na casa da mãe dele. "Preciso te contar algo muito importante, Blanda, e é sobre minha família." Como eu já sabia, convidei Dona Cotinha para ir comigo, assim as explicações seriam poupadas. Mamãe se empolgou com a ideia de um jantar na casa do meu novo namorado e disse que escolheria uma roupa bem bonita, mas eu insisti que isso seria um presente meu e, então, passaríamos no *shopping* logo depois da visita ao Espaço Sonho.

– Mamãe, preciso pedir um favor. Só um.

– O que é, filha? – perguntou, enquanto acabava de se maquiar para irmos ao jantar na casa das minhas duas sogras.

– Não toque no assunto "casamento".

35
Uma nova família

Havia tão pouco tempo eu ansiava por um convite do Max para ele me levar à sua casa e me assumir como namorada, após quase um ano de convivência. Agora, depois de apenas uma noite de amor com Bernardo, eu era convidada para conhecer sua família.

Quando entrei no apartamento dos pais de Bernardo acompanhada pela minha mãe e Dona Cotinha, o silêncio permaneceu apenas por poucos segundos. A risada tomou conta do lugar.

– Você já sabe de tudo, Blandinha? – perguntou Bernardo.

– Já conheço as minhas duas sogras. Agora só falta conhecer meu sogro.

– Então hoje eu sou a pessoa mais importante deste encontro – disse um senhor com calças curtas cor de terra, com as meias amarelas aparecendo e uma camiseta com um sorriso estampado – Você deve ser a Blanda, eu suponho. Eu sou Veloso, o gostoso – e Dona Justina colocou a mão na testa, como quem diz "Que vergonha".

– Não ligue para ele, Blanda. O meu marido acha que tem quinze anos.

– Não tenho, mas pareço. O que você acha, Blanda?
– Acho que o senhor está muito bem.
– Pois já gosto de você. Gosto mais do que daquela mulher do cabelo vermelho. Como é mesmo o nome dela, Justina?
– Douglas, que coisa feia. Não deixe a moça constrangida.
– Tudo bem, Seu Veloso. Eu também não gostava dela – eu disse e foi suficiente para todos ficarem à vontade.

Mais tarde, enquanto eu conversava com minhas sogras, soube que Douglas Veloso agia mais como uma criança do que como um senhor de sua idade. Esquecia os nomes, as pessoas, os lugares, as histórias, mas era um homem íntegro, como sempre havia sido. O jeito brincalhão aflorou ainda mais com o passar dos anos. Durante todo o jantar, eu não me senti mal com nenhum de seus comentários e cheguei a pensar que, em sua inocência, ele era a pessoa mais sincera que já tinha conhecido.

– Vai uma partida de cartas aí? – ele perguntou.
– Douglas, a moça pode não gostar de jogo de cartas – alertou a esposa.
– Tudo bem, Dona Justina, eu gosto. Podemos jogar em duplas, o que acham?
– Então eu quero ser seu parceiro, minha nora.

Jogamos durante duas horas. Enquanto o jogo acontecia, bebemos café, repetimos outra fatia de pudim e trocamos receitas. Mamãe e Bernardo jogaram bem melhor do que eu e meu par, mas a diversão era ver o sogro erguendo os braços e dizendo "Ninguém nos segura", enquanto me olhava e buscava aprovação após uma boa jogada. Comprei cartas que não deveria, joguei fora outras importantes para a dupla adversária e me consagrei como péssima jogadora de buraco, mas ver a alegria do meu sogro valeu a pena.

– Blanda, eu gostei de você – disse seu Veloso enquanto me abraçava na despedida. Dei um beijo em seu rosto, agradeci às sogras pela recepção, e Bernardo me convidou para passar um fim de semana com ele na praia. Topei na hora.

– Blanda! – gritou Dona Justina, antes de eu ir embora. – Gostaria que você voltasse aqui para uma festa que vamos dar para recepcionar o Juliano. Ele está voltando para o Brasil.

– Mamãe, neste fim de semana a Blanda é minha.

– Mas seu irmão chega na semana que vem.

– Nesse caso, acho que podemos estar todos juntos – ele completou.

Levei Dona Cotinha para casa e mamãe pediu para passar a noite comigo. Fazia muito tempo que isso não acontecia e achei que seria uma boa oportunidade para conversarmos. Elogiei o seu ótimo comportamento na casa do Bernardo (de fato, nem parecia a minha mãe, talvez tenha ficado com medo de nunca mais ser convidada), e ela me disse que tinha adorado conhecer aquela família.

– Eu acho que você encontrou um príncipe, minha filha.

– Príncipes não existem, mamãe.

– Homens perfeitos é que não existem, Blanda.

– Não existe perfeição em ninguém.

– Para mim, você é perfeita.

– Opinião de mãe não vale.

A conversa se estendeu por mais alguns minutos. Na verdade, sempre quis que minha mãe fosse minha amiga, mas depois de tentar se intrometer, mais uma vez, na minha vida, com insinuações sobre casamento, eu pedi licença e fui dormir no quarto. Enquanto isso, ela dividiu o sofá com Freddy.

36
A CHEGADA DO CUNHADO

Bernardo e eu passamos um fim de semana maravilhoso na praia, com direito a cochilos depois do almoço e banho de mar à noite. Sem regras, passamos horas conversando, acordados de madrugada e deitados a manhã inteira. Na cama, tomávamos café da manhã com pão e leite comprados na padaria da esquina e as refeições eram porções de peixe à beira do mar.

Com a chegada dos meus vinte e cinco anos, Bernardo teve a ideia de fazer uma festa. Lá na praia começamos a pensar como poderia ser essa comemoração. Simples, divertida, com amigos e familiares e nada convencional.

Quando voltamos à cidade, minha sogra me lembrou da festa de Juliano e pediu ajuda com os preparativos para a recepção. Quando eu mencionava "sogra", sempre pensava em Dona Justina. Dona Cotinha era somente a minha vizinha, aquela que me conhecia havia tantos anos e que gostava de mim. Tinha medo de chamá-la de sogra e ganhar, com isso, o pacote completo da desilusão de nora.

Para recepcionar Juliano, a família decidiu preparar um jantar tipicamente brasileiro. "Ele está morrendo de saudade da nossa comida", disse Seu Veloso quando fui à casa dos pais de Bernardo para ajudar na preparação da festa. "Vamos fazer arroz com feijão e está bom", sugeriu. Mas a esposa lançou um olhar para encerrar o assunto. "É brincadeira, patroa."

— Dona Justina, seu Veloso tem razão. Talvez fazer arroz e feijão seja uma boa ideia.

— Você vai defender esse maluco? — brincou a esposa.

— Ele é um maluco adorável — eu disse. Meu sogro, então, saiu do sofá e me deu um beijo no rosto. — Podemos fazer uma feijoada. Arroz, feijão-preto, couve e farofa. De sobremesa, que tal um pudim de leite condensado e brigadeiro? Nada mais típico. Para beber, claro, caipirinha.

A sugestão foi aceita por todos e eu, pela primeira vez, fui declarada oficialmente a organizadora do evento. Distribuí as tarefas: as sogras iriam preparar o jantar e eu faria a sobremesa, enquanto Bernardo iria encher as bexigas — porque festa animada precisa de bexigas. No caso, verdes e amarelas. Juliano chegaria na sexta--feira e a festa seria no mesmo dia.

Nos reunimos na sala uma hora antes do combinado com os amigos de Juliano e, quando todos chegaram, a casa estava repleta de pessoas e a música alta já denunciava que ali acontecia uma festa. Levei Teca para ajudar nos preparativos e Catarina também foi, desta vez com o marido. Quando o telefone tocou, decidimos desligar o som e aguardar o dono da festa em silêncio. E quando ele abriu a porta, o silêncio continuou.

Lá estava meu cunhado com Manuela.

A situação foi bizarra. De um lado, os pais e amigos de Juliano quietos, provavelmente imaginando o que ele fazia com aquela mulher ali. Do outro, um homem sem compreender o silêncio. Eu, enquanto segurava o instinto de dar uns tapas na cara daquela perua, permaneci calada. Não queria provar nada a ninguém, muito menos à Manuela, e se ela era amiga daquela família eu não reprovaria a sua presença. Muito pelo contrário. Uma boa anfitriã trata bem os convidados – sejam eles bem-vindos ou não. E eu me sentia quase da família.

– Pessoal, vamos cumprimentar o grande motivo de estarmos reunidos aqui hoje! – eu disse, em uma tentativa de parecer empolgada. – E você, moça, seja bem-vinda.

– Você está louca? – perguntou Teca em voz baixa. – Aliás, esse gato que entrou com a ex-namorada do seu namorado é o irmão do Bernardo? Ele só pode ser astrônomo mesmo, deve levar uma mulher às estrelas.

Dei risada. Bernardo me apresentou ao irmão, enquanto Manuela foi cumprimentar os ex-sogros, completamente à vontade, como se ela ainda pertencesse àquele ambiente. Não resisti, fui atrás e Teca me seguiu. Um acidente aconteceu cinco segundos depois, quando eu caí em cima de Manuela com um copo de caipirinha na mão. Que foi parar no vestido branco dela.

Agradeci mentalmente o acidente que eu não tive coragem de provocar, mas em pouco tempo percebi quem era a culpada. Teca estava ao meu lado com um sorriso no canto da boca.

– Tinha que ser você, sempre tão agradável.
– Desculpe, Manuela. Acidentes acontecem.
– Ou são provocados.
– Eu jamais faria isso com um convidado do meu cunhado.

Não queria causar brigas, então pedi desculpas. Acho que fui sincera e convincente, porque a nojenta de cabelo de fogo foi embora em seguida.

– Posso saber por que você fez isso, Teca? – eu perguntei. –Podia ter derrubado você mesma a caipirinha naquela insuportável.

– E eu ia queimar o meu filme com o gato do seu cunhado? De jeito nenhum.

– Vou dizer para ele que você é louca.
– Vai fundo. É verdade mesmo, ué.

Fomos interrompidas pelo objeto de desejo da minha amiga e eu os apresentei. Não tardou para os dois estarem aos cochichos em um canto da sala. E desta vez eu concordei que minha amiga escolheu muito bem a companhia. Mesmo sem a genética poder explicar, Juliano era a cara de Bernardo.

37
ViNTe e CiNCO aNOS

Pela primeira vez na vida eu teria uma festa à fantasia.

Eu me lembro de quando era adolescente e ia fantasiada a muitos bailes. As melhores comemorações aconteciam na casa do primo da Teca, o Guilherme, que morava em uma casa com um quintal grande, onde colocávamos as mesas, cadeiras e petiscos (quase sempre salgadinho de pacote em travessas bonitas de algumas das mães). Guilherme gostava de música e na época era o maior colecionador de fitas cassetes. Até hoje ele guarda essas relíquias. Na época das festas, o menino tinha dois aparelhos de som, sendo um com espaço para duas fitas. A alta tecnologia permitia gravar de uma fita para outra e assim todos podíamos participar da seleção musical da festa. Durante dias que antecediam os eventos, escolhíamos o tema e aguardávamos as músicas tocarem na rádio. Nas festas à fantasia podia tocar de tudo, então o Guilherme gravava várias fitas, uma só com baladas românticas para o fim, outra com músicas dançantes e, claro, os clássicos.

O pior de tudo era quando o locutor falava "Rádio Xiiiiiisssss" no meio da música. Aquela que esperamos dias e dias para tocar e que só conseguimos gravar de madrugada, depois de driblar um esquema de segurança para dormir cedo estipulado pelos pais ou pelas mães. Depois de tanto sacrifício, a música era gravada com a voz do locutor por cima. Guilherme descobriu um método de editar a fita de forma a cortar os dois segundos da voz intrusa e então a música parecia apenas um disco riscado. Na verdade, tínhamos poucos discos de vinil. Éramos todos estudantes quase sem dinheiro e o CD apareceu bem depois para nós.

Nas festas à fantasia realizadas por nós lá no bairro, eu sempre me vestia com alguma roupa velha da mamãe e inventava um nome bonito para a fantasia. Com meus dotes artísticos aflorados, fazia pinturas no rosto e as pessoas não ousavam dizer que eu não estava vestida adequadamente. Ajudava os amigos a encontrar fantasias nos armários das mães, camufladas como roupas normais de passeio. Preparar o figurino era uma diversão tão grande quanto participar da festa.

Já fui vestida de salada de frutas, de segurança do amor, de pecado original (dessa vez pendurei maçãs em um lençol velho, que encaixei no corpo por um buraco na cabeça), de tampinha de garrafa (com tampinhas de verdade coladas no mesmo lençol, um ano depois) e até de mãe. Inspirada na minha própria progenitora, eu me vesti da maneira mais brega possível e levei para a festa uma boneca no colo.

E depois de tantos anos eu teria a minha festa à fantasia. E desta vez, queria uma fantasia de verdade. Além disso, Bernardo e eu decidimos que, além de fantasiados, os convidados deveriam usar máscaras. Em um determinado momento, faríamos uma brincadeira para adivinhar quem era quem. Convidamos antigos amigos e eu tinha certeza de que seria divertido descobrir, por debaixo das máscaras, amigos que não víamos há muito tempo.

O primeiro passo foi decidir qual seria a nossa fantasia. Quando bati o olho em Freddy, tive uma ideia.

– Bernardo, eu quero ser a Mulher-Gato.

– Ela é do mal, Blandinha.

– Eu também sou, quer ver as maldades que posso fazer? – eu disse, já segurando as suas mãos pra trás, enquanto Freddy saiu correndo do sofá onde estava confortavelmente dormindo. Bernardo não resistiu aos beijos e topou na hora que eu fosse a Mulher-Gato. – Fica frio, pertenço ao lado do bem.

Como era de se esperar, Bernardo seria o Batman e logo Juliano decidiu ser o Coringa. Teca não abriu mão de se vestir de Arlequina.

As fantasias foram compradas na capital, em uma viagem em que estávamos nós quatro. Eu nunca tinha visto Teca tão vidrada em um único homem por mais de alguns dias e já se passavam duas semanas desde que tinha derrubado caipirinha no vestido da Manuela. Sobre o fato de ela ter ido à festa de boas-vindas, descobrimos que a aproveitadora tinha enviado um *e-mail* para Juliano dias antes, em que se ofereceu para buscá-lo no aeroporto. Todos conhecem o resto da história e ele não se cansou de pedir desculpas. Mas agora Manuela estava sem munição.

⚜

Alugamos um salão localizado em um bairro pouco movimentado da cidade, contratamos garçons para servir às mesas, escolhemos como cardápio crepes de diferentes sabores e chamamos um número suficiente de pessoas para o preparo dos pratos. Haveria muita bebida gelada, para todos os paladares. Reservamos um grande espaço para dançarmos até o dia amanhecer e desta vez Guilherme não levaria as fitas cassetes gravadas com músicas da rádio, mas um grande equipamento de DJ. Pelo menos um de nós seguiu a profissão que sempre quis.

Apesar de toda a aparelhagem, Bernardo iria tocar algumas músicas com a Banda Zoom, e seus amigos músicos também faziam questão de ir à festa. Para preparar os instrumentos, ele chegaria depois de mim e iria direto com o pessoal da banda. Enquanto isso, Teca e eu ainda tínhamos os últimos detalhes para organizar.

Colamos máscaras com brilhos na parede, arrumamos as mesas com toalhas prateadas e douradas, ideia da minha amiga, que na última hora ainda levou pequenos vasos para colocar sobre a mesa. As flores eram feitas de embalagens de bala de coco. Para os esquecidos, deixamos máscaras na entrada do salão, assim ninguém mostraria o rosto antes da hora.

Mamãe foi vestida de semáforo, e papai apareceu de guarda de trânsito, o que rendeu boas risadas de todos, inclusive dos dois. Dona Cotinha foi vestida de holandesa, mas meus sogros preferiram manter em segredo a escolha da roupa. Eles se misturariam aos convidados e participariam da brincadeira de adivinhação. Os amigos chegavam e o som de Guilherme se espalhava pelo salão. As luzes foram apagadas aos poucos e só a pista de dança permanecia iluminada e colorida.

Quase uma hora havia se passado desde o início da festa e Bernardo não tinha chegado. O celular estava na caixa postal. Até que eu vi o Batman na porta do salão, com uma enorme capa e uma máscara que cobria todo o rosto. Ele acenou e eu retribuí com um sorriso.

Antes de o Batman chegar perto de mim, pediu ao DJ uma música. Agarrou a minha cintura e começou um dois-pra-lá-dois-pra-cá. Parecia que ele tinha aprendido novos passos especialmente para a festa. Encostou o rosto em mim, mas tive vontade de dizer para não ficar tão perto. Bernardo estava grosseiro. Não disse uma palavra, apenas me puxava de um lado para o outro, como se quisesse chamar a minha atenção e a de todos na festa. Quando perguntei se estava com algum problema, ele me pegou pela mão, eu rodopiei e caí em seus braços. Mas foi nessa hora, virada para baixo, que eu vi, em uma imagem de ponta-cabeça, um Batman na porta do salão. Acompanhado pelos amigos da banda.

– Peraí. Se o Batman está na porta, quem é você?

Foi quando o Batman da minha frente tentou me beijar e eu o empurrei. O Batman da porta veio correndo em nossa direção e tirou a máscara. Lá estava Bernardo.

– Bernardo, eu pensei que esse aqui fosse você. Quem é ele, então? – eu perguntei, já voltada para o sem-vergonha que tinha chegado à festa antes do Batman verdadeiro. Foi quando arranquei a máscara e vi Maximiliano.

– Max!

– O que você está fazendo aqui? – perguntou Bernardo.

– Sua namoradinha me convidou.

– Eu nunca convidaria você para a minha festa, Max, seu mentiroso.

– Eu me refiro a outra pessoa, Blanda. Como você é inocente.

– Eu sou a namorada dele.

– Foi ela quem me convidou – disse Max, e apontou para uma mulher próxima a nós. De cabelos vermelhos.

Por alguns segundos, eu fui realmente inocente para acreditar que Bernardo poderia estar com Manuela e por isso Max havia sido convidado. Bernardo só olhou para mim e percebi que o meu ex-namorado e a ex-namorada do meu atual namorado tinham bolado um plano contra nós dois. De tão malfeito, não resistiu à cumplicidade do nosso olhar.

– Cai fora, Max, e leve junto a sua atual companheira de trapaças. Aliás, como eu não pensei antes? Vocês formam um belo casal.

Nesse momento, os amigos da banda cercaram Max e ele não teve escolha. A perua de cabelos de fogo seguiu o novo amante e não disse uma palavra sequer. Não precisava. Fantasiada de anjo, ela já era uma piada.

– Como ele conseguiu me enganar?

– Primeiro ele nos enganou, Blanda, porque o carro estava com os quatro pneus furados e precisamos procurar um borracheiro. O trabalho demorou, meu celular estava sem bateria e foi o tempo de Max chegar à festa antes de mim. Só não entendo o que esses dois queriam fazer aqui.

– Queriam acabar com a nossa felicidade e não conseguiram.

Bernardo colocou a máscara novamente e Teca sugeriu começarmos a brincadeira de adivinhação. Erramos todos os palpites quando chegou a vez de desmascarar a Daniele e o Pedro, vestidos de pão e salsicha. Um pequeno frasco de mostarda era o lindo filho deles. Foi Teca quem conseguiu contatar toda a turma. Marcos apareceu com a esposa, ambos vestidos de havaianos. Catarina e o marido foram à comemoração, mas não estavam fantasiados e usavam máscaras das que havíamos deixado na entrada da festa. Bola foi como vampiro, Talita foi vestida de homem, Neco estava hilário como mulher e o sogro e a sogra fizeram muito sucesso como Silvio Santos e Hebe Camargo.

Cantamos parabéns com um bolo em formato de máscara e dançamos até o sol aparecer. A festa foi o meu melhor presente. Pelo menos até aquele momento, porque eu não sabia o que ainda iria ganhar.

38
É VERDADE?

O dia amanheceu e alguns amigos ainda estavam na festa. Não havia mais música, a iluminação era o sol e três colegas de Guilherme dormiram no chão sob os efeitos do álcool. Bernardo me convidou para irmos embora e Teca garantiu que deixaria o salão em ordem para entregar à tarde. Dormi no carro. Não consegui segurar o sono e o cansaço depois de uma noite incrível. Quando acordei, notei que não estávamos nem no meu apartamento, nem no dele. Paramos em uma área verde com gramado aparado, flores naturais e a entrada para uma casa com jeito de castelo. Eu conhecia aquele lugar, mas era a primeira vez que ia ao local vestida de Mulher-Gato e acompanhada pelo Batman.

– Feche os olhos – ele disse, depois de sairmos do carro.
– Mais alguma surpresa?
– Ainda não começou.

Bernardo se afastou, ouvi um pássaro cantando, senti o sol batendo no meu rosto e os passos lentos pisando na grama. Abri os olhos e lá estava o meu namorado, com um quadro enorme nas mãos. Uma tela com fundo branco, apenas com os dizeres pintados em tinta preta: *Quer casar comigo?*

Bernardo se aproximou de mim. Não respondi nada e meus olhos se encheram de lágrimas. Tive medo. Pela primeira vez, pensei seriamente na palavra casamento, em questão de segundos. Encontrei um grande amor, mas estávamos juntos havia pouco tempo e tive receio de o conto de fadas acabar. Afinal, fadas não existem. Ele me entregou um pincel e uma paleta de tintas. Logo entendi o que deveria fazer. E o medo foi embora. Embaixo das letras grandes que perguntavam "Quer casar comigo?", escrevi "SIM", em vermelho. E, sem palavras, fui pedida em casamento e aceitei.

Então, Bernardo pintou uma aliança com tinta a óleo no meu dedo anelar direito. Fiz o mesmo em seu dedo e nos beijamos. Descobri que eu também podia viver uma história de cinema.

Bernardo me levou até aquele lugar com um propósito e o compreendi quando fui conduzida à sala com lustres de cristal e reencontrei a moça de terninho que me lembrava os meus figurinos de advogada. Em outra ocasião, ela havia dito que eu não poderia cancelar o casamento com o Max ou precisaria pagar as parcelas restantes. Um assunto ainda não resolvido.

– Bom-dia. A senhorita já sabe qual o motivo de estarmos aqui – disse Bernardo à atendente com rabo de cavalo e maquiagem pesada demais para o dia, embora eu não fosse a melhor crítica no momento, já que usava uma fantasia. A moça trouxe uma ficha preenchida com a minha letra. Eu não me lembrava da ficha, mas conseguia reconhecer a minha caligrafia. Então, Bernardo riscou o nome de Max e escreveu em letras gigantes o próprio nome.

– Blanda, se o nome desse sujeito estiver em mais algum lugar em sua vida, me avise para eu apagar.

Aí eu percebi que meu casamento aconteceria no mesmo local, na mesma data, mas com um noivo diferente.

39
Sim, sim e sim!

As mulheres se aglomeraram em volta de mim na pequena sala do meu apartamento para ouvir o pronunciamento oficial feminino.

– Sim, sim e sim... Eu vou me casar!

Mamãe riu e chorou ao mesmo tempo, Dona Cotinha e Dona Justina se abraçaram, enquanto Catarina e Teca soltaram um grito de felicidade. Liguei para Jaime e Roberto e coloquei a ligação em viva-voz para anunciar a novidade. A reação dos meus amigos foi ainda mais animada. Não pude identificar as palavras, já que ambos falavam juntos e com euforia como se fossem convidados para serem damas de honra.

– Mas e as alianças? – perguntou Teca.

– Bernardo e eu vamos escolher amanhã. Ele quer que eu participe desse momento importante para nós dois – eu respondi, com um olhar voltado para o quadro com o pedido de casamento e que agora ocupava um lugar de destaque na sala.

– Precisamos fazer uma festa de noivado – interferiu minha mãe.

– Ah, mãe... Não precisamos de festa agora. Já teremos o casamento e será simples, no campo e do jeito que nós dois queremos.

Que tal um jantarzinho só para a família no próximo fim de semana? – e todas pareceram gostar da ideia. Dona Justina ligou para Seu Veloso e contou a novidade, enquanto meu pai chorou de felicidade ao telefone. Deixei a comemoração por conta das duas sogras e da minha mãe.

No resto do dia pensei na minha vida, sozinha com Freddy no apartamento. Primeiro eu não queria casar, mas acabei em uma cilada e pensei ter encontrado o passaporte para a felicidade. Quando percebi que não seria feliz e descobri uma nova profissão, conheci um homem que mexeu com a minha razão e me fez perder a noção de tempo e espaço. Entre desmascarar o traidor do ex-namorado e estabelecer um relacionamento com o homem que virava a minha cabeça, o tempo foi curto. A nova atividade passou a ser levada como profissão. Com um namorado que apoia minhas decisões, sou mais livre do que quando estava sozinha. Ganhei uma nova família, fiz as pazes com o meu passado e um único detalhe continua me incomodando quase diariamente: o despertador.

Nos dias seguintes, organizei as duas agendas, uma para as encomendas de quadros e outra para os clientes do meu escritório de advocacia.

Agora, enquanto não tenho dinheiro suficiente para alugar um espaço, Dona Cotinha permite que eu use um dos cômodos de seu apartamento e ainda se tornou minha sócia. Seu telefone passou a ser meu número comercial e é ela quem atende às chamadas, marca reuniões com clientes, gerencia o meu tempo e ainda serve biscoitos amanteigados. Desconfio que voltam justamente por isso.

O ateliê continuou no meu apartamento. Quando preciso manter as telas afastadas de Freddy, fecho a porta do quarto. As paredes da sala estão tomadas por quadros novos. Um deles sempre chama a atenção dos compradores, só que não está à venda, porque faz parte da minha história.

Pintei um quadro especial chamado "O começo" e dei de presente para a Dona Lilibeth, amiga da ex-sogra e a primeira pessoa a me oferecer uma chance de expor minhas obras. Já expus mais duas vezes na sua butique e as vendas são cada vez maiores.

Bernardo e eu compramos as alianças, mas deixamos para decidir detalhes da cerimônia quando a data estiver mais próxima. O mais importante é ficarmos juntos. Vez ou outra, ele dorme lá no meu apartamento, mas geralmente uma das sogras telefona pela manhã para saber "se está tudo bem". Penso que os preparativos para o casamento ainda vão render muitas risadas e boas lembranças. Combinamos que teremos um altar ao ar livre, como eu sempre quis.

Apesar de continuar como gerente do banco, os trabalhos com a Banda Zoom são cada vez maiores, tanto que aos fins de semana quase não podem tocar no bar. São festas de casamento, formaturas e logo aconteceu o primeiro convite para tocar no aniversário de uma cidade próxima à nossa. Pouco dinheiro, mas ampla divulgação. Eu apoio o meu gerente-baterista e ele incentiva a sua pintora-advogada.

Chegar aos vinte e cinco anos foi o começo da melhor parte da minha vida. Eu não sabia nem quem era e sinto que já me encontrei. Mas decidi continuar buscando algo a mais. Afinal, este é o sentido da vida.

AGRADECIMENTOS

Quando este livro foi lançado pela primeira vez, em janeiro de 2010, comecei uma nova etapa na minha vida. Em pouco tempo, descobri leitores maravilhosos que me incentivaram a continuar escrevendo ficção, após anos de dedicação ao jornalismo. A esses leitores que conheceram Blanda desde o começo e me incentivaram a continuar, meu eterno agradecimento.

A todos da Rai Editora pela nova versão de Blanda e pelo carinho com o meu trabalho, obrigada! Vocês são incríveis!

Para Marlene França, a tia Lene, minha "guru literária", um agradecimento especial por todas as ideias desde o início. O meu caminho profissional teria sido diferente sem você e eu agradeço por tê-la por perto.

A todos da minha família e meus amigos que me apoiam nessa estrada, meu agradecimento. Mauro, obrigada por acreditar sempre e cada dia mais com seu apoio incondicional e seu amor.

Obrigada, Deus, pela saúde. Pela saúde.

Este livro foi composto em
Baskerville e Cheeseburguer
para Rai Editora em janeiro de 2013